新潮文庫

東京公園

小路幸也著

目次

東京公園

初めて会ったのは、公園だった。

detail

母親の姿。

まだ自分が小さい頃に死んでしまった母親を、その姿を記憶している人は、きっとこの世界にたくさんいるだろう。残された思い出が暖かいものでも悲しいものでも、ふとしたときに浮かんでくる母親の笑顔、仕草、雰囲気。

そういうもの。

僕の場合は、一眼レフのカメラを構えている姿だ。

青空をバックにして、ジーンズにポロシャツというラフな格好で、黒い重そうな一眼レフのカメラを構えて僕を写そうとしている母の姿。太陽を背にしているので少し影になっている姿。

まだ小さかった僕が、母を見上げているアングルで記憶されている。

構えたカメラに隠れてしまってその顔の半分は見えないけど、笑っている、僕に話しかけている口元。

数回のシャッター音。

そのシャッター音に続いて、カメラを顔から外して僕の名を呼ぶ母さんの笑顔。

それが、母親のことを思うときにいつも最初に浮かんでくる光景なんだ。


家には、写真アルバムがたくさんあった。あの大きくて重い大層なものじゃなくて薄いファイルブックで、きちんと整理されて棚に並んでいた。中の写真は普通のサービスサイズのものもあったけれど、専門用語で言うと四つ切りとかの大きな写真で、そしてどちらかと言えばモノクロが多かった。

ほとんどは僕と父さんが二人で写ったもので母さんが一緒に写っているものは少なかった。そして数少ない母さんと僕が写っている写真と、父さんと僕が写っている写真を並べると、幼い僕が見てもあきらかに違うなと感じるほどだった。つまり、母さんが撮った写真と父さんが撮った写真ではその完成度に差があった。

だから、ある意味では僕の写真の先生は母さんだったんだろうと思う。構図や光の具合や被写体や、いろんなもの。そういうものを幼い僕は母さんの撮った写真を見て、知らないうちに学んでいったんだと思う。

母さんが遺《のこ》したカメラを初めて手に取って、自分で写真を撮ったのは小学校六年生の修学旅行のとき。小学生が持っていくのには大きくて重いカメラだったから、父さんは普通のコンパクトカメラかレンズ付きフィルムカメラにしたらどうだと言ったんだけど、僕はそのカメラを使ってみたかった。

母さんは、僕が産まれるまではカメラマン、正確には女性だからフォトグラファーと言うべきなんだろうけどそういう仕事をしていて、そしてその職業がどういうものなのかをおぼろげに理解したのがその頃だったから。

小学生が持つには不釣り合いなニコンF3という重くて大きい一眼レフカメラをぶら下げて、僕は修学旅行に出発した。ほとんどの同級生達はレンズ付きフィルムカメラを使っていて、バシャバシャと写真を撮りまくっていた。その中で僕は「立派なカメラで撮ってよ！」というリクエストに応《こた》えて、仲間のふざけたポーズや何人かで集まっているところを写してはいたけど、ずっと考えていた。

このカメラで、初めて自分で考えて撮る写真はいったいどんなものがいいんだろうって。リクエストされてクラスの仲間を撮ることじゃなくて、自分が撮りたいと思って撮る写真。

きっとそれは、感じるものなんだろうなと思っていた。狙《ねら》って撮るものじゃなく、自然と撮ってしまう写真。

それは、家族の写真になった。

函館《はこだて》の五稜郭《ごりょうかく》公園というところで、桜の舞うところで、お昼のお弁当を皆で食べていた。ここで何かが撮れるだろうかと思って僕はさっさとお弁当を食べてしまって、カメラを手にしてうろうろ歩いていたんだ。

天気の良い暖かい日で、たくさんの人たちがその公園に集まっていた。僕らのような修学旅行の生徒、近くのオフィスのＯＬ、小さな子供と一緒の家族連れ、老夫婦、サラリーマン。

そこにあるいろんなものを、たくさんの人を眺めながらふらふらしていた僕は、桜の木の下で敷物を広げて座ってお弁当を食べている家族に、ふと目が止まった。

まだ若いお父さんとお母さんと、二歳か三歳ぐらいの女の子。

どこにでもいる家族、どこでもあるような光景。

何に魅《ひ》かれたのかわからないまま、僕はカメラを構えてシャッターを切った。

写真を撮られたことに気づいたその家族は、僕を見てちょっと驚いていたけど、すぐに笑顔になってくれた。僕がまだ小学生だったせいだろう。その若いお母さんが「撮ったの？」と笑いながら声を掛けてくれた。

「ごめんなさい」

すぐにそう言って頭を下げると、お父さんもお茶を飲みながら「謝らなくてもいいよ」と笑ってくれた。それから、どこから来たの？　とか、いいカメラだね、とかそういう他愛《たわい》ない話をして、思いついて写真が出来たら送りますと言うと住所を教えてくれた。

でき上がった写真を送るとすぐにお礼状が来た。ものすごくいい写真だったので驚いた、引き伸ばして額に入れて飾ってある。絶対に才能があるからずっと写真を撮るといいよ、と手紙に書いてあった。

秋月さんというその家族とは、今も年賀状のやり取りをしている。そのときに二歳だった茉莉《まり》ちゃんは、今はもう十一歳だ。写真を撮ったときの僕と同じぐらいの年齢になった。僕のことはまるっきり覚えていないけど、年賀状を見るときに〈あの写真を撮ったお兄ちゃん〉として家族の会話の中に出てくるそうだ。

その一枚が、僕が自分の写真として初めて撮ったものだった。

もう一枚。

満足してクラスの仲間のところに戻ってきた僕は、散り始めている桜の花びらで辺りが薄桃色に染まっているところで、何人かの女子と一緒にお弁当を食べている富永を見つけた。

そのときも、何も考えずに僕はシャッターを切った。口の中で何かをもぐもぐと食べながら、美味《おい》しそうににこっと微笑《ほほえ》んで桜の木を見上げた富永の顔。少しほっぺたがふくらんでいて、幼い顔立ちがますます子供っぽくなっていた富永。

後からその写真を見せると、ヘンなかおー、と言って少し怒っていたっけ。

その二枚が、僕が初めて自分の作品として撮った写真だった。

days 1

バイトがなかったので四限目が終わるとまっすぐ家に帰った。

三年生になる前、大学のキャンパスが都内になるので部屋を探していたら、ヒロが「うちに来いよ」と誘ってくれた。

ヒロが借りている吉祥寺《きちじょうじ》の古い小さな一軒家には何故《なぜ》か玄関に〈たばこ〉という赤い看板があって、でもどう見てもたばこ屋なんかじゃなくて普通の家なので「なんで?」と訊《き》くとヒロは「さぁ?」と答えた。わからないけどおもしろいからいいじゃんと笑っていた。

一軒家というのは暗室代わりに使える部屋もあっていいなと思っていたから、大学からは少し遠いけどその誘いに乗って僕はヒロと一緒に暮らしている。男二人の生活だからさぞや汚いと想像するだろうけど、僕もヒロもきれい好きで家の中は実に整頓《せいとん》されている。たまにやってくる大学の友達なんかはそのあまりのきれいさに誰か毎日掃除に来ているに違いないと疑っているぐらいだ。

玄関を開けて「ただいま」と声を掛けるとヒロの部屋から「おかえり」と声が聞こえてバタバタと足音が響いてヒロが顔を出した。靴があったし声も聞こえていたので誰か客が来ているんだろうと思っていたけど。

「グッタイミン。ちょっと来てよ」

柔らかそうな髪をかき上げてニコッと笑う。俳優にしてもいいぐらい甘いマスクの持ち主のヒロには友人が多い。部屋にはしょっちゅう人が出入りしていて、その度に僕は紹介される。

「木島さん、これ話していた同居人のケイジ。志田圭司」

「どうも」

どう考えても普通のサラリーマンじゃない雰囲気の男性が二人、部屋の中にあぐらをかいて座って僕に向かって軽く頭を下げた。まぁ座れとヒロに言われて空いている場所に腰を下ろして煙草《たばこ》を取りだした。すでに灰皿は一杯になっていて、窓は開け放たれている。まだ初夏というには早いけれど気温が上がった今日は夕方になっても肌寒さを感じないぐらい。

「カメラやってるんだって？」

「あ、はい」

「見せてもらったんだけど、写真。いい感じじゃない」

「ありがとうございます」

木島さん、とヒロが呼んだ男性はあらためてと名刺を渡してくれた。もう一人の男性は児島《こじま》さん。木島と児島、と二人で言って笑っていた。どっちの名刺にも聞いたことはあるけどそれほど、というか失礼だけどほとんどメジャーではない雑誌の名前が入っていた。なんでも今度ヒロが中心になってやる特集の取材記事でカメラマンをやらないかという話だった。

「予算がないからね。ヒロに自分で撮ってもらおうと思ったんだけど、それならいい奴《やつ》がいるからって」

バイト代はあまりはずめないけど、フィルムはたっぷり渡すから余ったやつはそのまま自分で使っていい。交通費も食事代も支給。カメラマン志望の貧乏学生にはもったいないほどの申し出に、僕は一も二もなく頷《うなず》いていた。

「やらせていただきます」

ヒロと初めて会ったのは一年生の夏。

大学の学食で、火曜日の午前十時過ぎに閑散としている学食に入っていって僕は遅い朝ご飯を食べようとしていた。いつも持ち歩いているカメラと売店で買ったサンドイッチとコーヒーをテーブルに置いて、さぁ食べようかというときにヒロが入ってくるのが見えた。

もちろん、ただ誰かが入ってきたと思っただけで、そのままサンドイッチにかぶりついているとヒロはすぐにスタスタと僕の方に向かってきて、ニコニコ笑いながら僕の正面に腰を掛けた。

「すっげぇ古いカメラ」

腰を下ろしながら僕の顔も見ないでカメラばかり見ていたので、きっとカメラ好きなんだろうと思っていた。

「触っていいか？」

カメラを構えてファインダーを覗《のぞ》きさえすれば、どんな恐《こわ》そうな人にだって笑顔で声を掛けることができるけれど、普段の僕はそんなに社交的な人間じゃない。だから、こうやってぶしつけだったりざっくばらんな態度を取る人間には少し引いてしまうことが多いんだけど、ヒロの笑顔はそういうものを打ち消してしまう柔らかさがあった。おまけにとても爽《さわ》やかな佇《たたず》まいのイケメンだった。

得な人間だなぁと素直に思ったんだ。こういう笑顔で何気なくするっと他人の場所に入ってこられる人間を、僕は尊敬してしまう。

「ニコンF3。名機だよなぁ」

触っていいと言うと嬉《うれ》しそうに手に取ってそう言った。

「詳しいの？」

「いや全然」

同じ笑顔で言う。なんだそりゃと思った。そんな顔をしたんだろう。僕を見て今度はおかしそうに笑った。

「知識として知ってるだけさ。写真やカタログで見たことはあるけど触ったのは初めてだ。貴重な経験になった」

ありがとう、と言って握手を求めてきた。変な奴だなぁと思いながら右手を出して握ったその手はまるで女の子みたいに柔らかだった。そう思って見ると身体《からだ》もきゃしゃだった。身長だって一七〇ないかもしれない。

それが、ヒロだった。

十一時に学食を出る前に、僕は彼が広井博司《ひろし》という冗談みたいな名前で親しい女の子には〈ヒロヒロ〉と呼ばれ、ここの学生ではなくて、貧乏なので安い学食をよく利用していることを知った。

ライターもやってるしグラフィック・デザイナーでもあるしインディーズでアルバムも出しているからミュージシャンでもあることは、その次に会ったときに。

「でもどれもまだ途中なんだよな」

僕より三つ上のヒロはよくその言葉を使う。まだ途中だと。

その言葉を僕は気に入ってる。

まだ、僕たちは途中にいる。

それは常に歩いていないと、どこかへ向かっていかないと使えない表現だ。

木島さんたちが帰った後に、ギャラが入ったから外食しようとヒロが言って、僕たちは近所のいつもの店に向かった。汚いけど安くてメシが旨《うま》くて居心地がいい小さな居酒屋の〈ゆいち〉。もちろん普段は自炊している。貧乏学生には自炊が何よりの味方だけど、たまにバイト代が入れば、ここでたっぷりご飯を食べて安いお酒を飲む。それでも一人頭千円もあればオッケー。

「さっきの木島さんたち」

「うん」

「わざわざ家まで打ち合わせに来てくれたの？」

ヒロはただの売れないフリーライターだ。そんなＶＩＰ待遇は。

「近くで一緒に昼メシ食ったから寄っただけ」

なるほどと頷いた。

「明日、何してる？」

アジの開きと肉ジャガとホウレンソウのおひたし、それにここの名物のジャンボつくねとニラの卵とじにフキの味噌汁《みそしる》に白いご飯。サービスでくれたのはイカゲソの唐揚げで、それをひょいと口に運びながらヒロが訊いてくる。

「何ってこともないけど、講義が午後からだから」

「公園か」

「うん」

どこかの公園だ。そこで写真を撮る。

「家族写真って柄じゃないけどなぁ」

いつもヒロはそう言う。ケイジは家族写真って顔をしてないと。顔で写真を撮るわけじゃないんだけど。

「前も訊いたかもしれないけどさ」

「うん」

「何で家族写真なんだ？」

グラフィック・デザイナーとしても仕事をするヒロは、僕のカメラマンとしての腕を認めてくれた。いい写真を撮ることができる人間だって言ってくれる。でも、僕の作品としての方向性が家族写真だというのはピンと来ないと言う。

「オレを撮った写真なんか、ゾクッて来るぜ。あんまりにも冴《さ》えすぎてて」

そういうふうに言う。冴えてる、というのがヒロ風の表現なのでよくわからないけど、その冴え方は家族を撮るのには向かないかもしれないって言うんだ。その辺は個人の感性だからなんとも言えないけど、僕自身は今のところ迷ったことはない。

何がいい写真で、何が普通の写真かを説明するのは難しい。もちろん、構図とかフィルターの使い方とか露出とか、そういう知識として覚えることができるものは別として、そうではないもの。感覚としか言い様がないもの。

その瞬間を切り取り残していく写真。じゃあその瞬間って一体時間で言うと何秒なんだって話をしたことがある。一秒なのか、コンマ三秒なのか。その人がこの写真に切り取られた表情をしていたのはいったいどの瞬間なのか。そのときに何を考えていてこういう表情になったのか。カメラマンはそのときに何を感じてこの瞬間を捉《とら》えたのか。話してもわからない。本当に感覚としか言い様がない。現像してそこに現われたものを見ていると、いつもそんなことを考えるんだ。

カメラマンになろうと思ったのは、中学生のころ。

中学生になったんだから自分の将来のことを考えていこう、と担任になった千葉先生はそう言った。自分は何になりたいのか、何をしたいのか、何に向いているのか。社会にはどんな職業があるのかを、きちんと見て考えていこうと。

カメラマンという職業に明確なイメージがあったわけじゃないんだ。ただ、母さんがそれを職業にしていた。そして僕をお腹《なか》に宿したのをきっかけにして中断したこと。僕が手を離れるようになったら、またそれを再開しようとしていたこと。

そして、結局それは叶《かな》わなかったこと。

そういうことを、中学生になった僕は父親から聞かされて、もう理解していた。だからってわけじゃないけど、僕の将来の選択肢の中にカメラマンは入っていた。それを抱え込んだまま大きくなって、大学まで来た。

何より、写真を撮ることは楽しかったんだ。サッカーよりパソコンより音楽より、自分のこの手で写真を撮ることが楽しいと思えていたからだ。

だから、今は時間があるとカメラを抱えて東京中の公園を回っている。そして、親子連れや家族の写真を撮っている。〈家族〉の写真を自分のテーマにしている。一生そういう写真を撮っていこうとか思っているわけじゃなくて、きっとどこかで区切りは付けるんだろうけど、今のところは。

それはやっぱりいちばん最初に撮った秋月さんの写真が影響しているんだろうと思う。何かを感じて、自分で初めて撮った写真。

それがどうして家族になったのかは、考えてもわからない。

ただ撮りたいから撮っている。

水元公園

北海道の田舎から東京の大学に来て良かったなぁと思うのは、やっぱり人が多いことだ。人が多ければそれだけ公園も多いしそこに集まる人も多種多様。何より一年中公園を歩くことができるって素晴らしいと思ったっけ。田舎の旭川《あさひかわ》じゃこうはいかない。冬場の公園なんてただの雪野原でしかないから人もいない。もちろん歩くこともできないし吹雪のときに歩いたら遭難しかねないんだから。

家族の写真を撮ろうと思ったら公園は最適な場所だと思う。家庭で主婦をしているお母さんたちが、まだ小さい子供を連れてきていたり、休日ならお父さんと子供たちがスポーツや遊具で遊ぶ姿も見られる。

もっとも、休日はあんまりにも人が多過ぎて写真を撮るどころじゃないことが多いんだ。だから、わりとこうやって平日の昼間の公園に来ることが多い。平日が休みのお父さんというのも意外に多くて、むしろそういう職業の人の方が個性的で、被写体としてはおもしろい場合もある。

おもしろいだけでいい写真になるわけじゃないけど。

葛飾《かつしか》区の水元公園は初めて来るところだった。

広い道路にポプラ並木があって、そういや東京でポプラ並木ってあんまり見ないなぁと思いながらその並木に向かってシャッターを切っていた。もちろん北海道出身だからってポプラ並木に詳しいわけじゃない。

こうやって風景を撮るだけならもちろん誰に断る必要もない。でも、家族の写真を撮ろうと思うと、これがけっこう大変だったりする。

イヤな世の中だってヒロも言っていたけど、うっかり黙って写真を撮ろうものなら不審者と間違えられて怒鳴られたりすることもある。携帯のカメラで逆に写真を撮られて警察に通報されたりすることもある。だから、公園に写真を撮りに行くときにはできるだけ印象良く見える服を着るんだ。

今日はベージュのコットンパンツに白いパリッとしたシャツ。どっちもなけなしのバイト代をはたいて買ったマーガレット・ハウエルだ。それにビームスで買った紺色の柔らかなブレザーを合わせた。髪の毛もきちんと整えて、もちろん出掛けにシャワーも浴びている。まるでデートに出掛けるのと同じぐらい気を使っている。

それと、今までに撮った家族の写真ファイルと学生証。これは欠かせない。

いいな、と思った家族がいたらまず望遠で一枚撮ってみる。それで、なんていうか感触が摑《つか》めるんだ。本当にこの家族を続けて撮ってみたいかどうかが自分の中で固まる。それでイケると思ったら、すいません、と声を掛けて、自分はカメラマン志望で写真を撮っている大学生だと学生証を見せる。それからこんな写真を撮っているんですとファイルを拡《ひろ》げて見せて、良かったら撮らせてくれませんか？　とお願いする。

もちろんありったけの誠意と笑顔を見せて。

それだけやってもあらぬ疑いをかけられることもある。何かの勧誘じゃないかとか変な宗教じゃないかとか新手の詐欺《さぎ》じゃないかとか。

なかなか大変なんだけど、お願いしてそういうふうに疑われてひどい断られ方をされたことは数少ない。東京に来てからもう何十回と声を掛けているけど、成功率は九割以上あると思う。

「ケイジは誠実そうに見えるからな」

ヒロはそう言う。まぁ鏡で見る自分の顔はイケメンではないけど間違いなく悪党顔じゃない。ヒロが言うには柴犬《しばいぬ》のような顔をしているらしいけど、それはあんまりだとも思うけど否定できないところもある。

後で写真を送ってもいいと言うと、ほとんどの人が住所を教えてくれるし、それから お付き合いが始まって、例えば子供の七五三とかの記念写真を撮ってほしいと頼まれたこともある。そういうときはもちろんプロじゃないからギャラなんかもらわない。フィルム代と交通費ぐらいはもらうけど。でも、後からお礼にと図書券をくれたり、中には田舎から送ってきたからとお米をくれたり野菜をくれたり。だから、僕の住所録にはたくさんの人の住所が書いてある。毎年の年賀状は、向こうから来なくても欠かさないようにしている。

その親子連れを見かけたのは、カメラを持ってふらふらして二十分も経《た》った頃。地図で見ると野鳥の観測ができるところがあるというので、そこへ向かって歩いていた。木立の中の歩道で、池の方を眺めながら佇《たたず》んでいる若いお母さんと、ベビーカーの中で眠っている女の子。

僕との距離は、十五メートルぐらいあった。

レンズを望遠に付け替えて、そのお母さんの顔に焦点を合わせた。

合わせた瞬間に、何も考えずに僕はシャッターを三回切っていた。それから少し引きぎみにして、ベビーカーの上で眠る女の子も一緒の構図にして三回シャッターを切った。

細面の、肩にかかるほどの長さのストレートな髪。烏《からす》の濡《ぬ》れ羽《ば》色《いろ》、という言葉を僕は思いだしていた。木漏れ日の柔らかな光を受けて、そのお母さんはどこか遠くを見ながら、少しだけ微笑《ほほえ》んでいるようにも見えた。その表情に、何かを感じた。

もっと撮りたい、撮らせてもらおう。

そう思って一歩を踏み出そうとした途端に、誰かに肩を摑まれた。

驚いて振り向くと、若い男の人が立っていた。

「何をしているんだ?」

身長は一七五ある僕より高い。セルフレームの眼鏡に、柔らかそうなグレイの春物のセーター。上品な色合いにそれは上質な物だというのはすぐにわかった。

「え、と」

不意を突かれて僕は口ごもってしまった。男の人は少しだけ眉《まゆ》を顰《しか》めて、くい、とあのお母さんと子供の方に顔をやった。

「写真を撮っていたろう」

それで、わかった。あの母子《おやこ》の。

「そうか、カメラマン志望か」

近くのベンチに腰掛けて、僕と初島さんは話していた。初島さんは僕のカメラを手にしてファインダーを覗《のぞ》く。

「なんだか懐《なつ》かしいな。僕もカメラは好きだったんだ」

「そうなんですか」

答えながら僕は初島さんの奥さんと子供、つまりさっき僕が写真を撮った母子の方を気にしていた。二人はまだあそこらへんをうろうろしている。初島さんを待っているんだろう。僕と初島さんがこうしていることには気づいていないみたいだ。行かなくていいんだろうか。せっかくの休日だというのに。

さっき、初島さんに声を掛けられて、慌《あわ》てて僕は学生証を出して、怪しいものではないということを説明した。慣れてるんだけどいきなりこういうふうに疑われると焦《あせ》ってしまう。少し背中の汗を感じながら、僕は初島さんに向かってファイルを拡げたんだ。大学生であること、こうして公園を回って自分の作品として家族の写真を撮っていること、奥さんを撮らせてもらったこと。そして許可をもらいに行こうと思っていたこと。

僕の説明を聞きながら、初島さんはファイルした写真を眺めていた。その瞳《ひとみ》がすごく柔らかなものだったのでホッとしていた。

「いい写真ばかりだね」

「ありがとうございます」

それから、自分はあの母子の家族、つまりあの女性の夫であり、子供の父親の初島という者だと。今日は本当に久しぶりに取れた休みで公園に来たんだと。ただどうしても片づけなきゃならないことができてしまって、妻と子供には先に行っててもらって、自分はようやく今来たところなんだと言った。

僕は頷《うなず》いて、じゃあこれでお父さんも入れて、三人家族の写真を撮れるかなと考えていたんだ。

こういう言い方はなんだけど、初島さんはなかなか見映えが良かった。少し地味な顔立ちだけどシャープなラインの顎《あご》に知的さを感じさせる瞳。セルフレームの眼鏡が似合っていかにも仕事ができる有能な男という雰囲気が身体《からだ》からにじみ出ている。あの奥さんと並ぶと、奥さんのどこか線の細そうな雰囲気とよく合いそうな気がする。

改めて、ほんの少しの時間でいいから、写真を撮らせてもらえませんかとお願いすると、初島さんはちらっと奥さんの方を見て少し急いだふうに僕の肘《ひじ》に手を添えて、こっちへ、と誘導したんだ。

遊歩道から少し奥まったところにあるベンチ。そこに座ると、こちらが背を伸ばして見ない限り、奥さんの方からは見えない。まだあさっての方を向いている。

「あの、奥さん、待ってると思うんですけど」

「あぁ」

まだ僕のカメラを手にして何かを考えているふうだった。

「今日は、写真はやめてくれないかな」

僕を見て、少しだけ済まなそうな表情でそう言った。

「わかりました」

すいませんでした、お休みのところ、と続けて言って頭を下げた。写真に撮られることを嫌がる人だっている。だから断られることぐらいなんでもないけど、初島さんは〈今日は〉と言った。

「できれば、連絡先を教えてもらえないかな」

「いいですけど」

ちょっと変だなとは思った。でも、ひょっとしたらまた今度の休日にでも声をかけてくれるのかもしれない。そのときに写真を撮ってもいいよと許可をくれるんだろうかぐらいに考えて、携帯の番号を交換した。偶然にも同じ機種でしかも色も同じで二人で笑ってしまったんだけど。

済まないね、と軽く手を上げて初島さんは二人の方に歩き出した。僕はその後ろ姿を目で追いながら、そして向こうで待っている奥さんが初島さんに気づいて笑顔を見せるまで、そこに立っていた。

いい感じだな、と思っていた。

二人が並んで、そして初島さんがベビーカーに手を掛けて、そのときに起きたらしい女の子を抱き上げるのを、三人とも笑顔になるのを僕はファインダー越しに見ていた。もちろん約束通り、シャッターは押さないで。

あの夫婦は、愛し合っている幸せな夫婦だ。そう思った。

ファインダーさえ覗けば、そういうものがわかるという自信が僕にはある。何の根拠もないけどそう思っている。

人間はファインダー越しに嘘《うそ》はつけない。カメラマンが切り取ったその一瞬は、確かにその人の本当の姿を伝えているんだと思っている。

小学校の六年生のときに、そう確信した。

days 2

実家から荷物が届いてるぞとヒロが言った。大きな段ボールの中にはお米と野菜と味噌《みそ》やらマヨネーズやらの調味料。

一年に四回、こうやって父さんから荷物が届く。僕が東京に出てからそれはずっと続いていて、どうやら季節ごとにこの日に荷物を送ると決めているらしくて、いつも同じ日に送られてくる。

実際には、お母さんからだろうけど。

正確には義理の母親。裕子《ゆうこ》さん。

僕が小学六年になった秋に、父さんは再婚した。母さんが、杏子《きょうこ》という名前の実の母親が死んでから四年が過ぎていた。

新しい家族ができるということに、多少の違和感はあったのだけど僕は素直にそれを受け入れた。裕子さんは、母さんとは正反対の印象だったけど優しい人だったし、裕子さんの一人娘で僕の新しいお姉さんになった咲実《さきみ》さんもそうだった。家族の中でいちばん幼くて新しい生活に馴染《なじ》めるかどうかが心配だったらしい僕に一生懸命優しく、気を使ってくれた。だから、「お母さん」と「お姉さん」と呼ぶことを僕は自分で決めて、暮らしはじめて一週間後にはそう呼んでいた。

お姉さんになった咲実さんは僕より五つ上で、高校を卒業すると東京に出てしまったので、僕が小学六年から中学二年になるまでの二年間ぐらいしか一緒に暮らしていない。だから、僕が東京に来てからの二年間の方が、むしろよく話をしてる。今の方が、実家で暮らしていたときより気を楽にして素直に話せるような気がしているぐらいだ。

初めて東京に出てきたときには、羽田空港まで僕を迎えに来てくれた。最初のアパートを探してくれたり、東京で暮らしはじめるための準備をいろいろとしてくれた。

家を出てからほとんど帰ってきていなかった姉と会うのは久しぶりで、それまで〈お姉さん〉と呼んでいたけどそう呼ぶのがなんだか気恥ずかしくて、姉さん、と呼んだ。姉はそれまで「ケイちゃん」と呼んでいたはずなのに「圭司」と呼び捨てにした。やっぱり少し慣れないふうに。

デザインの勉強をして今はインダストリアル・デザイナーとしてメーカーのデザイ

ン室で働いている。ようやく中堅どころとして大きなプロジェクトにも参加できるようになったと喜んでいたんだ。やっていることこそ違うけど、自分を表現するという意味では、僕と姉は同じ方向を向いている。家で一緒に暮らしていた頃にはできなかったいろんな話ができて、お互いに嬉《うれ》しく思っているのがよくわかった。何かを相談できるいちばんの人は、今は姉さんかもしれない。

荷物の中に入っていたお母さんからの手紙には〈咲実にもよろしく伝えてくださ い〉と書いてあった。こういう荷物は僕のところにしか来ないらしい。そういうのを、姉は嫌がっていたそうだ。どうしてなのかはわからないけど。

「今日は鍋《なべ》でも食べようか」

ヒロにそう言うと嬉しそうに頷いた。春に鍋はあまり似合わないけど、荷物の中に入っていたたくさんの野菜が腐らないうちに食べるためには鍋がいちばんいい。

「ありがたいな、親ってのは」

ヒロがそう言って、部屋の隅の円いテーブルに眼をやった。そこにはいくつかの写真スタンドが並んでいる。

初めて撮った秋月さんの家族、中学生だった富永、姉さん、父さんとお母さん。そして、死んだ母さんと幼い僕。

僕が、心を込めて撮った写真にはその人の本当が写ると確信した写真。母さんが父さんに頼んで病室で撮らせた写真。

ベッドの上で座って、寝巻きの上にカーディガンを羽織って、僕を隣りに座らせて微笑んでいる写真。

父さんが再婚するときに写真を一緒に整理して、改めて見た僕は感じたんだ。それまでのどの写真の母さんにも感じなかった〈影〉のようなもの。それが何かは今でもわからない。ただ、そのときには母さんは既に死を覚悟していたと父さんに聞かされて、きっとそうなんだろうなと思った。

そこには確かに今まで感じなかったものが写っていた。そのときに理解したんだ。真剣に撮った写真には確かに真実の姿が映るんだと。

「親は、大事にしないとな」

ヒロに言われて頷いた。

「そうだね」

両親の話をするときのヒロの声音には、ほんの少しだけ、誰にもわからないぐらいの淋《さび》しそうな色が混じる。

ヒロには親がいないと言う。実際にはまだ生きているらしいけど、中学生のころから捨てられたも同然だという話を聞いた。それは、話せば長くなってしまう話で、でも要約するとあまりにも悪ガキだったヒロは親子の縁を切られたということ。実は少年院にも入ったことがあるんだとヒロは言っていた。今のヒロからは想像もできないんだけどそういう時期もあったと恥ずかしそうに言っていた。

自分が悪いんだからどうしようもない、後悔はしてるし済まなかったなという思いもあるけど、できれば最後まで親として子供を信じてほしかったという気持ちもある。少しばかり恨んでいる気持ちも。だから会いたくもあるけど、会いたくもない。

いつだったかな。知り合って半年くらいのころ。そういう話をしたんだ。居酒屋での喧嘩《けんか》の後で。

その頃の僕のアパートの近所の小さな居酒屋で二人で飲んでいた。まだ僕は大学一年生で酒の飲み方もあまりわからないで、ヒロに誘われるままに社会勉強だと言って飲み歩いていた。もちろん安いところばかりだけど。

その小さな居酒屋の四畳半ぐらいしかない座敷に僕とヒロはいた。お互いの昔話や大学のことやヒロの仕事のこと。テレビや映画や音楽の話。そういうくだらなくも普通の話を笑いながら話していた。

カウンターで中年の男が一人で飲んでいたのはわかっていた。威圧感のある広い背中にいちいち大きな音を立てる仕草。注文する声の大きさ。ときどきちらっと僕たちを見る視線。

気の弱い僕はそういうのが苦手だ。得意な人なんかいないかもしれないけど。

「なんにも苦労ってのを知らないからよ、今の奴《やつ》らはよ」

そういう言葉から始まった。さもカウンターの中の居酒屋のご主人に話しかけてるようにしながら、僕たちにも聞こえるような大きな声で。自分は若い頃はワルかった。さんざん無茶もやったし親に迷惑もかけた。でも誰にも頼らず自分の力だけで生きてきた。そんなような話を延々と続け、酒もどんどん飲み、そして僕らに声を掛けてきた。

「なぁ兄ちゃん方、ちゃらちゃらするのもいいけどよ」

世の中甘くはないんだ。そんなふうにしてられるのも今のうちだ。

そういうふうに怒鳴りつけてきて、オレの酒を飲めと言い出す。確かに僕もヒロもちゃらちゃらしてるふうに見られるタイプかもしれない。およそ肉体労働には向かなさそうな身体つきと気の弱そうな顔つき。特にヒロは甘いマスクでジャニーズに入った方がいいぐらいだし。

僕はあいまいな返事をして、躊躇《ちゅうちょ》していた。少し酔っぱらった頭で穏便にやり過ごすことだけを考えていた。当たり障《さわ》りのない発言をして、機嫌を損ねないようにしてお引き取り願おう。そういうふうに。でも、ヒロは違った。

「酔っぱらいに説教されたかねぇし、昔はワルかったなんて自慢する最低の奴の酒なんか飲めない」

毅然《きぜん》として、そう男に言ったんだ。男の顔がみるみる紅潮して、表に出ろぉ！　となったのは言うまでもなくて、でも、てっきりインドア派だと思っていたヒロは意外にも軽く酔っぱらいの男をあしらい続けて、そのうちにめんどくさくなったのか「逃げろ！」と叫んで二人で走って逃げた。

息切れして二人で公園のベンチになだれるようにして座った。ヒロは苦笑いしながら僕を見た。それからジーンズのポケットからしわくちゃになった煙草《たばこ》を取り出して、ブックマッチを片手で器用に操って火を点《つ》けた。最初に見たときに少し驚いていると、ニヤッと笑って上手《うま》いだろ？　と自慢そうに言ってたっけ。知り合いに教えてもらったそうだ。

「人間はさ、きちんと生きるのが最低限の義務なんだよ」

突然そんなことを言い出して、僕はちょっと意表を衝《つ》かれて、それでもうん、と頷《うなず》くとヒロも同じように頷いて続けた。

「人に迷惑を掛けるような奴はそれだけでマイナスなんだ。そこから這《は》い上がったってようやくそれで普通にちゃんと生きている人間に追いついたってことなんだ。いるじゃん、昔はワルかったってのを売りにしてるような奴。ああいうのを見ると思うんだ。お前に迷惑を掛けられた人間がどういう思いでいるか、そういう人たち全員に許してもらってお前はそこにいるのかってさ」

そう言うヒロの声には、それまで感じたことのない真剣さが込められていた。きっと僕はどう反応していいかわからずに、そんなような顔をしていたんだと思う。ヒロはごめん、と言って笑った。

「オレは、サイテーの男だったんだ」

そう続けた。今もあんまり変わらないかもしれないけれどってまた笑った。

「何に対して怒ってたのか、今じゃよくわかんないんだけどさ。とにかく怒ってた」

言うことをきけと怒る親に、先生に、何もかも適当に済ませようとする友人に。何もかもごまかそうとする大人と世間に。だから、小学生の頃から授業放棄していたし、中学に入ってからは警察に補導されるようなことを繰り返していた。

「力があればいいって思ってた」

その力を得るためには何をやってもいい。自分一人が良ければそれでいい。結局傷害事件を起こして少年院に送られた。

ヒロが重傷を負わせたのは普通のサラリーマンの人だった。

「何の特徴もない、おもしろくもなんともない男」

その人は、毎日きちんと会社に行って自分の仕事をこなして家に帰って、妻と子供を養っている普通の人だった。

「でも、結局そういう普通のことがいちばん大事なんだってさ。それができることが、人としての第一歩なんだってことにさ、まぁあることをきっかけにして遅まきながら気がついてさ」

少年院を出てしばらくしてからその人に謝りに行った。ヒロが怪我《けが》させたことでその人は片足が少し不自由になった。幸いデスクワークが中心の仕事だったのでそれほど支障はなかったけれど、でも、確実にその人から普通の生活は奪われていた。一人息子と一緒に走ることも、サッカーをしてやることも、自転車に乗ることもできなくなっていた。

そういうあたりまえの幸せな生活を、それを奪ったのは、ヒロ。

土下座して謝ったとヒロは言った。

「謝ったからって許されることじゃないだろうけどさ」

必死の思いで謝った。地面に額をこすりつけて、どんなに殴られても蹴《け》られてもいいと思っていたそうだ。でも、その人の奥さんが、土下座するヒロを立たせて言った。

「オレが犯した罪は、目盛りがマイナス一〇〇まである罪だって」

「マイナス一〇〇？」

ヒロが笑った。

「おもしろい奥さんだろ？　マイナス一〇〇までのランプがオレにはついちゃったんだってさ。罪を犯したことで。でも、オレが社会復帰してきちんと生活して、毎年年賀状と暑中見舞いを送ってくれればその目盛りは減っていくって」

そう言う奥さんの横で、旦那《だんな》さんも頷いていた。

「だから、書いて送ったんだ。毎年暑中見舞いと年賀状や、何でもないときにもハガキを書いた」

きちんと手書きで近況報告も季節の挨拶《あいさつ》も入れて、お変わりありませんか、こちらは元気でやっています。今はこんなことをして働いていますと。そうすると、その人から返事が来る。

「目盛り五減りました、十減りました。もう少しです。頑張ってくださいってさ」

そうやって三年前にはついに目盛りがゼロになった。会いに来てくださいと手紙が来て、指定された日時にその人の家に行くと、ケーキが用意してあった。

どうやって知ったのか、その日はヒロの誕生日だったそうだ。

「泣いたよ、オレ」

ヒロの眼が潤《うる》んでいた。

「その人がさ、旦那さんがさ、今日からは友達だって。奥さんは若いハンサムな友達ができて嬉しいって笑ってさ。そして友達なんだから、こうやって誕生日のお祝いをするのはなんでもないあたりまえのことだって言ってさ」

泣いてロウソクの炎を吹き消すことができなかったヒロに代わって、息子さんがふき消してくれたそうだ。

横山さんというその家族には、今も一年に一回は必ず会いに行くとヒロは言った。

鍋は水炊《た》きにした。ヒロがつくねを作ったのでゴマもすって二人で食べていた。

「お父さんお母さんは元気なのか」

「らしいね」

「たまには帰れよ。こっち来てから会ってないんだろ?」

「そうだね」

横山さんみたいな他人がいるのに、うちの親みたいな身内もいる。けれどもやっぱり家族ってのは特別だからなってヒロは僕に言う。大事にしろよって。それは、自分のせいで失われた家族へのヒロの思いなんだろうと思う。自分のせいだったけど、それでも信じ続けてくれなかった家族への、言葉にしちゃうと陳腐だけど、愛憎みたいなもの。

ヒロを写真に撮るときにいつも感じる影のようなものは、きっとそれなんだろうなって思っていた。笑ってふざけているヒロの姿を切り取った写真にはいつもほんのわずかに影がある。そう感じる。一人で何かを考えている姿のヒロには、まるで求道僧のような固い何かを感じる。

最初は心配したんだ。その影がいったい何に起因してるのかがわからなかったから。母さんの最後の姿を撮った写真に感じたものと同じだったから。

恥ずかしいから言わないけど、こうしてヒロと一緒に暮らしているのは、いつもつるんでいるのは、そういうヒロに魅力を感じているからだ。被写体としてのヒロに。もちろん、いい奴だし。

日比谷《ひびや》公園

初島さんから電話があったのは、水元公園で出会ってから二週間ほど経《た》った日の水曜の夜八時過ぎ。外から掛けている感じで周りが騒がしかった。

話がしたい。申し訳ないけど明日の午後に会社の近所の公園で会えないだろうか。

そういう電話だった。

きっと今度は写真を撮っていいよという話なのかもとは思ったけど、妙に生真面目《きまじめ》そうな、悪く言えば暗そうな口調が気にもなっていた。仕事の都合で多少約束の時間には遅れるかもしれないけど、必ず行くからという初島さんの言葉に、じゃあ少し早くなることもあるかもしれないなと思って、講義は休んで写真を撮りに早めに公園にいた。

日比谷公園に行くのは初めてだったし、そもそもこの辺りに来るのも初めてだった。地下鉄の日比谷の駅を出るときに何も考えていなかったので出口を迷ってしまい、あぁここが日比谷シャンテか、あっちが帝国ホテルなんだなとか、あちこちぐるぐる回ってしまった。

予想はしていたけど昼休みの日比谷公園はサラリーマンの姿がとても多くて、ベンチで寝ている人がやたら多かった。中にはあんなに熟睡していて大丈夫なんだろうかと思う人もいたけど。

待ち合わせは雲形池のところと言われていた。カメラを構えてはみたんだけど、あまりにもサラリーマンの数が多くて、家族連れの姿もあるにはあったんだけど、これはちょっとつらいなと思って構えたカメラを下ろした。昼休みは午後一時には終わるんだろうから、撮るのはそれからでもいいなと、鞄《かばん》からお弁当箱を取り出した。もちろん自分で作ってきたおにぎりとおかず。貧乏学生はコンビニなんて入らないんだ。

午後一時半を回った頃に携帯が鳴って、初島さんの名前がディスプレイに出た。

「はい」と電話に出て、くるっと辺りを見回すとほんの十メートル先に同じように携帯を耳にあてて辺りを見回したスーツ姿の初島さんと眼が合って、二人で苦笑しながら電話を切った。

「済まなかったね。呼びだしたりして」

学校は？　と訊《き》くので自主休講にしたと言うと、ますます申し訳なさそうな顔をした。まだ二回目だけど、僕は初島さんが誠実で真面目な人なんだと確信していた。僕もどちらかと言えば真面目な人間だと思うけど割りとちゃらんぽらんなところもあるから、たとえば親の金で大学に行っているのにこうして講義をサボっても平気だ。それが自分にとって必要だと思えば小さな嘘《うそ》をついても良心は痛まない。

でもきっと初島さんは、そういうのも許せないタイプだと思う。この間、ファインダー越しに見たときにもそう感じたんだ。

晴れてはいないけど風のない薄曇りの日で、この間と同じように僕と初島さんはベンチに並んで腰掛けた。さっきまであんなに大勢居た背広姿は激減したけど、それでもまだあちこちでOL風の人やサラリーマンがお弁当を拡《ひろ》げたりパンにかぶりついたりしている。

「昼ご飯は？」

「もう済ませました」

そうか、と初島さんは頷く。何歳ぐらいなんだろうか。たぶん三十代半ば。奥さんはもっと若く見えたから、少し年の差のある夫婦なのかもしれない。

「あらためて、僕はこういう仕事をしている」

差し出された名刺には僕も知っている一流企業の名前があって驚いた。一流も一流。世界にその名を知らしめている企業だった。肩書きは企画局第一本部課長。たぶん、それなりに偉い人なんだと思う。着ているスーツだって、見ただけで仕立てがいいな、と感じるしセンスもいいものだった。

「会社はすぐそこでね」

「そうなんですか」

お互いに頷いて、頷きながら初島さんは下を向いた。何かを考え込むような顔をして、僕を見た。

「実は」

「はい」

言い辛《づら》そうにしているので、なんだろうと思った。写真を撮っていいという話じゃないんだろうか。

「頼みがあるんだ」

「頼み」

腰の位置をずらして、初島さんは僕の方に身体《からだ》を向けた。

「妻の写真を撮ってくれないか。いや、何というか」

少し落ち着きがなかった。写真を撮る？　奥さんだけの？

「尾行して、写真を撮ってほしいんだ」

え？

子供を連れて公園に出掛ける奥さんを尾行して、気づかれないように写真を撮ってほしい。初島さんは僕にそう言ったんだ。そして、かなり言い辛かったんだろう、そのことを言うと少し息を吐いて、ホッとした顔をした。

「知り合ったばかりの君に、こんなことを頼むのは非常識だとわかってはいるんだけど」

曖昧《あいまい》に頷《うなず》いた。確かに非常識だけど、そうせざるを得ない事情があるんだろうとすぐに思った。きっと僕はそんな顔をしていた。初島さんは小さく頷いて、少しベンチの背に凭《もた》れかかるように座り直した。

「妻はね、ゆりかというんだ。花の百合《ゆり》に香りと書く。二十三歳だ。志田くんと変わらないんじゃないかな」

頷いた。僕は今年で二十一歳になる。高校時代なら一年生と三年生という年の差だ。若いとは思っていたけど。

「僕は、今年で三十四だ。だから、百合香とは十一歳、ほぼひとまわりも離れているんだよ」

それから、初島さんはゆっくり、自分たちのことを話してくれた。初島さんは東京の出身で台東区に実家があるそうだ。百合香さんの出身は静岡県の浜松市。

「結婚して三年経った。娘はかりん。もうすぐ二歳になる」

「かわいいですよね」

そう言うとくにゃっと笑顔が崩れた。お父さんの顔だ。いつもファインダー越しに見る、子供が大好きなお父さんの顔。

仕事が忙しい初島さんは、なかなか家族サービスができない。家庭を大事にしたいという気持ちは人一倍あるけれど、そのためには自分の仕事を、自分の立場を確たるものにしなきゃならない。ましてや今は重要な長期に亘《わた》るプロジェクトの真っ最中で、結婚する前もしてからもずっと働きづめで、家のことも育児も百合香さんにまかせっぱなし。この間、公園に行ったのは本当に久しぶりの家族の団欒《だんらん》だったそうだ。

「実は、かなり心配している」

まだ若い百合香さん。結婚してすぐに子供ができて一人でかりんちゃんを育てている。育児ノイローゼとかそういうものにならないかと不安になった。だから、百合香さんにそう言うと、笑ってたそうだ。

「そうならないように、公園巡りをすると」

「公園巡り？」

東京は広い。そして公園が山ほどある。春夏秋冬で楽しみ方が変わるし、公園の雰囲気が大好きだから。

「今日はどこ、明日はあそこと、百合香はかりんを連れて公園を回っているんだ」

「愉《たの》しそうですね」

僕と同じだ。そう言うと初島さんも笑って頷いた。でも、すぐに真顔になった。

「ある日、かりんがテレビを見ていて、言ったんだ。『ここ、好き』って指さした」

それは、高級ホテルだったそうだ。公園のすぐ近くに建つ有名なホテル。そこに行ったのかと訊くと頷いた。でも、いつ行ったかとか訊いてもよくわからない。かりんちゃんはまだ二歳になるかならないか。片言でようやく喋《しゃべ》れるようになった頃。

「どうやら妻と一緒に行ったらしいんだけど、どうしてそんなホテルに行ったのかがわからない」

お茶でも飲みに行ったんじゃないかと僕は思ったけど、そうじゃないらしい。しっかり者の奥さんはちゃんとお弁当と水筒を持って出掛ける。公園に行ったついでにホテルでお茶でもなんてことをする人じゃないそうだ。

「情けない男だと思ってくれてもいい。何か目的があってそのホテルに入ったんじゃないかと思ってしまったんだ」

それはつまり。

「浮気ですか？」

初島さんは唇を引き締めて頷いた。そんなことはないだろうと思った。子連れで浮気なんて。

「そう思った瞬間に、どうしてそのホテルに行ったのかと訊けなくなってしまった。一度機会を失うと、なんだかそういう感情がどんどん積もっていってしまって」

「でも、かりんちゃんがいつも一緒ですよね」

浮気なんかできるはずがない。そう言うと初島さんが軽く首を横に振った。

「あれぐらいの子供が疲れて眠ってしまったらそう簡単には起きない。それに、かりんはとてもよく眠る子なんだ」

昼間でも眠ってしまうとぐっすりだから、手がかからなくて助かっていると百合香さんも言ってるそうだ。夜に寝なくなるから起こさなきゃならないぐらいだって。

それにしたって。

days 3

「引き受けたのか」

「うん」

なんか悩んでるって顔だなってヒロに言われて、話してしまった。もちろん、僕は人の秘密をべらべら喋るような男じゃない。信用されたからにはその信用に応《こた》えようとする人間のつもりだ。だから細かいことはすべて隠して、要するに同じ公園好きの奥さんの尾行のアルバイトを引き受けたと。もちろんヒロだって信用できる男だ。だから話した。

「まぁおもしろそうっちゃあおもしろそうだな。ケイジの趣味も生かせるわけだし一石二鳥ってやつじゃん」

そうなんだ。初島さんに頼まれなくたって僕はあちこちの公園に撮影に行くわけだし、百合香さんとかりんちゃんの写真を撮りたいと思ったのは事実だし、交通費とフィルム代はもちろんそれなりのお礼もすると初島さんは言っていた。だから、そう考えればいいことずくめのバイトではある。

「でもさ」

「なに」

「たった一度会っただけの男に、そんなことを頼むっていうのがさ」

どうしても気になっていた。初島さんはどうしてそんな気になったんだろう。ヒロがくいっと頭を傾《かし》げた。

「それは、わかるな」

「わかる?」

煙草に火を点《つ》けて、ヒロはにいっと笑う。

「ケイジはそう思わせる男なのさ」

「なんだよそれ」

「その旦那《だんな》さん、きっと真面目《まじめ》な男なんだろう。妻のそういうのを疑ってはいても、興信所なんかに頼むのは妻を信じきれない自分が嫌になるし、妻を裏切るような気持ちになってどうしてもダメだったんじゃないかな」

確かに。初島さんはそういう人間だと僕も思った。

「ケイジの撮った家族の写真を見て、ケイジと会って、人を見る眼がある奴《やつ》ならすぐにそう思うと、オレも思う」

「そう思うって？」

「いい奴だってことさ。そんなことを頼んでしまおうという気にさせる」

笑って煙草《たばこ》をもみ消した。

「誠実で真面目で優しい男。そういうのがストレートに他人に伝わるというのが、ケイジの最大の長所であり最大の欠点でもある」

そんなことを言われても本人はどうしようもないんだけど、頷いておいた。

「でも浮気なんてさ」

ヒロはクイッと頭を傾げる。

「美人なんだろ？　その奥さん」

「うん」

「おまけにまだ二十三歳。旦那は十一も上だ。そりゃあ不安にもなるだろうさ。自分より若い男の方がいいんじゃないかって」

まぁ良く聞く話ではあるけれど。

百合香さんが公園に行くのはもちろん晴れた穏やかな日。今日はどこそこの公園に行くというのが事前に初島さんの携帯にメールで入るそうだ。だから、メールが届いたらすぐに初島さんはそれを僕の携帯に転送する。僕はカメラを担《かつ》いでその公園に駆け付けて、百合香さんを写真で撮りながら、尾行するってわけだ。もちろんちゃんと百合香さんがその公園にいることを初島さんに見せるための写真も撮らなきゃならない。

この間撮った百合香さんの写真を現像しておいた。

初島百合香さん。

たった二歳しか違わないのに彼女は既にお母さんとしての人生を生きている。かりんちゃんのご飯を作って食べさせて、遊んで、着替えさせて、お風呂《ふろ》に入れて、絵本を読んでやって、寝かしつけて。

世界中でお母さんと呼ばれる人たちが毎日毎日同じことを、愛情込めてやっている。自分の子供を育てている。この子が幸せになりますように、この子のために世界が平和でありますようにと願っている。それが、本当のお母さんだ。

想像はできても、実感が摑《つか》めなかった。もちろん、僕自身がまだ子供だからだと思う。

「いらっしゃいませ」

ドアが開いた音に合わせて声を出す。大きすぎず小さすぎず、元気良すぎずにでも張りのある声で。もう自然にそういう声が出るようになっている。

目黒通りから一本入ったところのビルの二階にあるバー〈クエル〉は週末は常に満席状態になる。なのに店内はちっとも騒がしくない。人の騒《ざわ》めきがこんなに心地よいっていうのは、ここでバイトするようになってから初めて知ったこと。

黒い木目のドアを開けて入ってきたのは姉さんだった。七時を回ったばかりだったから、仕事の帰りなんだろう。小さく手を振って、ひとつ空いていたカウンターのスツールに座った。

「今帰り?」

「そう。八時に約束があるんだけどそれまで」

マスターの原木さんに向かってこくんと頷《うなず》くように挨拶《あいさつ》する。

「何にするの?」

んー、と少し考えて、ワインにしようかなと言う。

「この後も飲まなきゃいけないから、軽く」

原木さんが赤でいいのかな? と訊《き》いて姉さんが頷く。好みはもうわかっている。

「久しぶりね」

僕の顔を見て言うので頷いた。一ヶ月ぐらい会っていなかった。

「少し痩《や》せたんじゃない？」

そんなことないよって答えた。姉さんの声が僕は好きだ。柔らかいのに良く通る声で、高すぎず低すぎず。喋っているのを黙って聞いていると心地よくて眠くなってくる感じもある。

金曜と土曜だけのここのバイトを紹介してくれたのは姉さんだ。マスターの原木さんが週末だけのアルバイトを探していて、条件は人に優しく接することができる真面目な若い男の子。そう聞かされたときにすぐに僕の顔が浮かんだそうだ。

「たくさんのいろんな人に会うっていうのも、いいカメラマンになる条件のひとつじゃないの？」

それに、少し圭司は写真を撮ること以外にも人と接した方がいい。そう言って面接を受けることを勧めてくれた。マスターの人柄はもちろんお店の雰囲気も保証する。水商売とはいっても身持ちの固いしっかりとしたところだって。確かにそうだった。

真っ白い糊《のり》の利《き》いたシャツを着て黒いベストを重ねる。開店前にきちんと歯を磨いて、コロンは禁止。もちろん事前にシャワーを浴びて無香料の石鹼《せっけん》で身体《からだ》を洗ってくること。それもバイトの条件だった。そういうことだけじゃなくて、マスターの人柄やお店の雰囲気やすべてひっくるめて、清潔感のあるバーっていうのは、そうそうないんじゃないかと思う。

「この間お母さんから荷物が届いた。いつもの」

「手紙に私によろしくって書いてあったでしょ?」

姉さんは苦笑する。そういえばもうすぐ誕生日のはずだ。二十六歳になるのか。とびきりの美人ってわけじゃないけど、きれいな細い瞳《ひとみ》と小さな顔。お父さん似だっていう涼しげな顔立ちはきっと誰でも好感を持つはずだ。恋人だっていておかしくないはずだけど、まだ僕は紹介されたこともないし、そんな話を聞いたこともない。

「どこにご飯食べに行くの?」

姉にかまかけるんじゃないわよって笑った。

「大学の同級生の女の子よ。何やら恋の悩みを聞いてくれって」

ここに来るときの姉さんはいつも一人だ。ひょっとしたらマスターと? なんて思ったこともあったけど実はマスターはゲイだった。それを知ったときはちょっとビビったけど、お前は好みじゃない大丈夫だから心配するなと笑われた。

「母さんに言っておいて。あなたの娘は立派に嫁き遅《い》れることを覚悟してますって」

苦笑いして頷いておいた。でも、僕にとっての義母のことを、姉さんにとっては実の母のことを二人で話すときにいつも感じる何かを、今日も感じていた。

姉さんは母さんのことを嫌っているんじゃないか。そんなふうなことを、ほんの少しだけどいつも感じるんだ。もちろん姉さんがそんなそぶりを見せたり、母さんのことを悪く言ったりすることはまったくないんだけど。

いつだったか、確か僕が中一のときだ。夕食が終わって二階にあった自分の部屋に行って、階段を降りてきたとき。居間の方から姉さんと母さんが何かを話しているのが聴こえてきて、姉さんはそれに答えながら居間と玄関を繋《つな》ぐドアを開けた。姉さんはそれまで僕に見せたことのないなんとも言えない苦渋の表情をしてため息をついた。すぐに階段を降りてきている僕に気づいていつもの優しい顔になったけど。

喧嘩《けんか》をしていたわけじゃない。後で母さんに確かめるとなんでもない日常の会話だった。そろそろ受験なんだからとか、学校のこととか、そういうようなこと。それなのに姉さんの表情には嫌悪《けんお》が浮かんでいた。僕はそう感じた。嫌っているんじゃないかと考え出したのはそれからで、そう思うと姉さんの母さんに対する態度や言葉の端々に同じようなものを感じることができたんだ。

何故《なぜ》かはわからなかった。わからないまま姉さんは高校を卒業して家を出ていったけど、最後の日に「じゃあね」と笑って手を振った姉さんが、本当に嬉《うれ》しそうだったのを覚えている。

ドアが開く音にいらっしゃいませと声を上げて顔を向けると、そこに富永がいた。

今日はそういう日らしい。僕につられて目を向けた姉さんも、あら、と声を上げた。

姉さんは富永を知っている。東京に来てからも偶然ばったり会ったこともあるらしい。

今も、あの頃の愛くるしい表情のままの富永。

元々こっちで生まれた富永は小学二年のときに、お父さんの転勤で旭川にやってきた。僕と同じ小学校、中学校で過ごして、高校入学の前にまた転勤で東京へ戻っていってそれからずっとこっちで暮らしている。卒業してからも連絡を取っていたわけじゃなくて、僕が東京の大学に入ったと同じクラスだった女子から聞いて電話を掛けてきた。

それから、時々こうしてこの店に来たり、家にも遊びに来たりしている。

実は中学三年のときには付き合ったこともある。付き合ったって言っても何度か日曜日に動物園に行ったり公園に行ったりしたぐらいだ。今思えばなんてカワイイ付き合い方だろうって思うぐらい。手は握ったことはあるけど、キスもしたことなかった。

彼女が東京に戻ってしまうことになって、結局そのままになってしまった。手紙も確か一回か二回お互いにやりとりしたぐらいだった。

だから、彼女ってわけじゃない。今のところはそういうことがあった仲の良い友人だと僕は思っている。恋愛感情は、ないと思う。姉さんは会う度にいつも富永の話をして「いい子じゃない」と僕を煽《あお》るんだけど、どういうわけかそういう気にはならない。大学生にもなった弟に彼女の一人もいないっていうのは姉として情けないと言うんだけど大きなお世話だと苦笑いしてる。

「こないだ、日比谷公園にいたでしょ」

オーダーされたモスコミュールを富永の前に置いたときにそう言った。

「いた」

「通りかかったら、見かけた」

「そうなんだ」

声を掛けようと思ったけど、大事そうな話をしているみたいだったから。富永はそう言って少し好奇心の混ざった視線を僕に向けた。初島さんと話しているときだったんだろう。その言葉を聞いた姉さんが、ずっと身を乗り出して富永に訊いた。

「女？」

富永が首を振る。

「スーツ姿の男の人。ねぇ！　すっごく見映えいい人だったよね？」

そうかカッコいいのか。そうかもしれない。二人の女性の視線に僕は苦笑して、ただの知り合いだよと答えた。

「前に写真を撮った人で偶然会ったんだ。いろいろと話していたんだ。将来のこととかあれこれいろいろ」

ふーんとつまらなそうな声を上げて、富永は姉さんと二人だけの間に通用する話題に切り替えた。お化粧のこととかファッションのこととか今度あそこのお店に食べに行こうねとか。実際、二人だけで会うこともあるようで、なんだか気が合っているみたいだ。その中に僕が入ることはない。富永が僕に会いに来るのも、姉さんとの繋がりの方が大事みたいなような気もする。

姉さんは八時前に腰を上げて、富永は友達がやってきてしばらく居た後に帰っていった。約束することもなく、今度また家に遊びに行くねーと手を振って。

バーが終わるのはいつも深夜の二時頃で、タクシー代を支給されるけどヒロに借りているカブで帰る。どこから手に入れたのか知らないけど、あの郵便配達の赤いカブだ。年季は入っているけどしっかりメンテナンスされているらしくて、全然問題ない。時間は掛かるけどお金が掛からないのがいちばん。

玄関の鍵《かぎ》を開けて入ると、ヒロの部屋のドアがしっかりと閉められていた。これは、女が来ているぞという合図だ。もちろんその前に玄関にある女物の靴ですぐにわかるんだけど。

声を掛けないで足早に二階へ上がる。ヒロの部屋は一階で僕の部屋は二階。一応、家の端と端の部屋をそれぞれ使って、まぁあのときの声などができるだけ聞こえないような配慮をしているけれど何せボロ家だからそのへんはむにゃむにゃとなる。約束事がひとつだけあって、それはお互いに女を連れ込んだ翌日の朝は女と顔を合わせないように気を遣うというもの。向こうも気まずいだろうしこっちも気まずい。

なんとなく、なんとなくだけど僕とヒロの間に女がいると邪魔だっていう感じがする。もちろんそんなことをお互いに口に出したりしないし、それについて話し合ったらちょっと違う方向に行くみたいでマズイって思うけど、でもそうなんだ。まるで小さい頃に、小学校のときのクラスメイトみたいに、「女子なんかいたらジャマだよなー」っていう雰囲気。

そういうのを、僕らは楽しんでいるような気がする。

砧《きぬた》公園

初島さんから百合香さんの写真を撮ってくれ、尾行をしてほしいと頼まれてから四日後の月曜日。朝の十時ぐらいにメールが入った。

〈世田谷区の砧公園にこれから向かうそうです。済まないけどよろしく頼みます〉

ここ何日かは天気が悪くてこれじゃあ公園に遊びに行かないよなって思っていて、今日は快晴だったからなんとなく予感はしていた。朝学校に行く前に、撮影用のバッグの準備をして、服装にも気を使って大学に向かったんだ。駅から歩いて十分ぐらいかかる正門に着いたところでメール。

回れ右して電車の駅に戻った。同じゼミの相棒の真山に〈急用〉とだけメールを打っておいた。

砧公園には前に行ったことがあるので見当はついている。なので、ついつい顔をしかめたんだ。まぁどこでもそうなんだけど特に砧公園は広いから。前はゴルフ場だったという話だから本当に広い。その分とても開放的な雰囲気があるし、家族連れが圧倒的に多いから撮影もしやすい。でも。

「見つかるかなぁ」

小田急線の電車に乗り込んで椅子《いす》に座って、僕は撮影メモに使っているノートを取り出した。黒い固い表紙についたゴムバンドを外して中を開く。

そこに、百合香さんの写真を貼《は》り付けておいた。

あのときに撮ったうちの一枚。顔をしっかりと確認しながらやっぱりいいな、と心の中で思っていた。いいな、というのは被写体としてという意味で。

眠っているかりんちゃんを確認して、小さく息を吐いて眼の前の池か、その向こうを何気なく眺めている百合香さん。何かを考えているのか、何も考えていないのか。ほんの少しだけ微笑《ほほえ》んでいるようなそうでもないような表情。風に揺れた長い髪がわずかに頬の方に流れてきている。

きれいな女性だと思う。それは外見だけじゃなく、内からにじみ出てくるものも含めて。

こうして写真に撮ると、それがわかる。

豊島区にあるっていう初島さんの家から砧公園までどれぐらい掛かるのかを頭の中で考えると、たぶんそんなに変わらない時間で着いているはず。

最初にどこに行くだろうと考えて、美術館はどうだと。まだお昼には時間がある。いつもお弁当を持ち歩くって言っていたから、お昼は外で食べるんだろう。だとしたら、まずはちょっと美術館でも見ようかなって思わないだろうか。

かりんちゃんは大人しそうな雰囲気の女の子だったから騒ぎはしないだろうし、何より百合香さんにはそういう雰囲気があった。美術館があるなら、まずはそこに行ってみるんじゃないかって。

それが、ビンゴだった。美術館から出てくる百合香さんを見つけた。

階段になってるところをかりんちゃんの手を引いて、というよりほとんど持ち上げるようにして、声を掛けながら降りている。かりんちゃんもニコニコしながら歩いている。

考えるより先にカメラを構えてしまって、慌《あわ》てて見られないように移動した。そうだった。見つからないようにしなきゃいけないんだ。これはなかなか難しいかもしれない。

まるで考えていなかったけどまさか木の陰とかに隠れながら後を追うわけにはいか

ないだろう。そんなことしてたら誰かに通報されても文句は言えない。ある程度の距離を置いて、望遠で狙《ねら》うのがいちばんか。服装も目立たないように地味な色の方がいいだろうけど、派手な色の服は持ってないからそれは心配ない。

今日はもうしょうがないけど、カメラバッグや三脚なんかも持ってこないで、もっと身軽な普通の格好の方がいいかもしれない。隠れるわけにはいかないから、もし急に振り向かれて見られても記憶に残らないぐらい。

美術館を出て、公園の道を歩きはじめたところでかりんちゃんが抱っこしてと言い出したみたいだ。百合香さんがベビーカーを広げた。かりんちゃんが喜んだ顔をして乗り込む。疲れちゃったんだな。

カチャカチャと音がして、日よけを下げて、百合香さんが覗《のぞ》き込んで何か言って歩き出した。ベビーカーを押しながら、ゆっくりゆっくり歩いていく。

僕もその速度に合わせて、周りの風景を眺めている若者と見られるようにゆっくり歩いていく。距離は、おおよそ十メートル。あまり離れすぎてしまって見失ってもいけないだろうし。

歩くリズムがわかってきて、少し落ち着くと僕も余裕がでてきた。今日の百合香さんはジーンズに白いブラウス。ベージュのジャケットを羽織っている。靴はスニーカーだ。小さい子供がいるお母さんには必需品。

身長はどれぐらいだろう。僕より大きかった初島さんと並んだときのことを思い出すと、一六〇、いや一六五ぐらいだろうか。細身の人だ。極端に痩《や》せているというわけじゃないけど、印象としては細身。

木立の中を歩く道路に入ったところで、後ろ姿を一枚撮った。姿勢のいい女性だ。全体のバランスがいい。特にスポーツをやっていたという雰囲気は無いから生まれ持ったものなんだろうと思う。姿勢のいい女性はそれだけできれいだって思う。

このままじゃ後ろ姿しか撮れないなって思っていたら、彼女は芝生のあるファミリーパークの方へ歩いていく。そういえばそろそろお昼だ。お弁当でも広げるのかもしれない。芝生の中に入っていって、木立のあるところで立ち止まった。ベビーカーの中を覗き込む。かりんちゃんは寝ているみたいだ。

ちょっと息を吐いて、斜めに掛けていたベージュの帆布っぽいカバンから敷物を取り出した。カバンは大きくパンパンに拡《ひろ》がっているからいろんなものが入っているんだろう。子供を連れて歩くお母さんは大抵そうだ。あの中にお弁当はもちろん、着替えやタオルや赤ちゃんだったらミルクや紙おむつ。

お母さんは体力も必要なんだ。

彼女がベビーカーの横に敷物を拡げて、そこに座った。まだかりんちゃんは寝ている。僕は斜め向いのベンチに座った。距離は十五メートルぐらいある。カメラを構えても気づかれないだろう。芝生ではたくさんの人たちがいろんなことをしている。カイトを揚げているお父さんと子供もいれば、おっかけっこをしている幼稚園ぐらいの子供たちの集団、同じように敷物を拡げてお弁当を食べている人、フリスビーをやっているカップル。

そういう人たちを、百合香さんは静かな表情で眺めている。僕はファインダー越しに彼女の表情を見つめていた。何回かシャッターを切った。

ふいに、彼女がこっちを向いて、視線が真っ直《ま》ぐ《す》に僕を捉《とら》えた。思わずシャッターを切ってしまった後に気づかれたのかと焦《あせ》ったけどすぐに視線は外れた。たまたまこっちを観《み》ただけだったんだろう。

陽射《ひざ》しが気になってきたのか、カバンの中から白い柔らかそうな帽子を取り出してかぶった。空を見上げて少し微笑む。何かを囁《ささや》くように唇が動いた。

いいお天気

そういうふうな言葉を呟《つぶや》いたのかもしれない。僕も同じように空を見上げた。誰かが揚げているカイトにカメラを向けて一枚撮った。赤と黄色のきれいなカイトだ。

「本当にいい天気だね」

僕もそう呟いていた。

days 4

「そのままだよ。お弁当を食べてまた少し公園をうろうろして、かりんちゃんを遊具で少し遊ばせて電車に乗って帰っていった」

「家までついて行ったのか？」

「だって」

そうしなきゃ、初島さんに報告ができないから。なんとなくイヤだったけど。ヒロも、それもそうだと頷《うなず》いた。

「報告は？」

「したよ。とりあえずメールで。現像して写真は会社の方へ送った」

たまたまなんだけど銀行に行ってお金を下ろしてきたら、初島さんから振込があったのもわかった。本当に素早かった。後から来たメールには〈フィルム代や現像費、交通費その他もろもろで一万五千円を振り込みました〉とあった。

「まぁバイト代としては妥当な金額かもな」

僕もそう思ったから頷いた。でも。

「デジカメにすれば少し負担を抑えられるかなって思ってさ」

データで初島さんに送ってやればフィルム代や現像費はかからない。

「それもそうだな。よしオレのを貸してやるよ」

デジタル一眼レフカメラはまだ持っていない。買おうと思って今バイトでお金を貯《た》めている最中だ。そうなるといいノートパソコンも欲しくなってくるから Mac の PowerBook を考えている。あわせるともうとんでもない金額になってしまうから、まだしばらくは無理なんだ。もちろん普通の安いデジカメは持っているんだけどあれでは撮影できない。いや初島さんの依頼を満足させる写真は撮れるけれど僕が満足できない。

僕は百合香さんを、もっと彼女を撮ってみたいと思っていた。

ヒロのデジタル一眼レフはキヤノンのイオスだ。少し前のモデルだけど充分に使える。けっこうな値段がするんだけどなんでもマージャンで勝ってそのカタに貰《もら》ったと言っていた。自分で取材するときなんかに使っているけど、正直記事の中の小さな写真だったら一眼レフを使う必要もないって言う。まぁそれはそうだなと思う。今のデジカメの性能は安いものでも結構すごいから。

「しかしあれだな。これから毎日天気予報が気になるかもな」

「そうだね」

初島さんの話では、晴れた日には必ず百合香さんは公園に行く。ただ午前中が晴れでも午後から悪くなりそうなら無理はしないそうだ。とりあえず、明日の天気予報は曇りで午後からときどき雨だ。


初島さんから〈あらためて〉というメールが来た。

〈正直、おかしな事を頼んでしまって申し訳なく思っています。志田くんの学業の妨げにもなってしまうのにと自分の愚かさに呆《あき》れています。ですが、もう少しの間、よろしくお願いします〉

僕みたいな若造にもこんなきちんとしたメールを送ってくる。本当に真面目《まじめ》な人なんだろうなぁと思う。

初島さんは言わなかったけどどうやら結構いい家庭のお坊ちゃんらしい。実際に話をするとそんなような感じもするし、立ち居振る舞いもそうなんだ。良質の家庭に育ったんだろうなという薫りがしている。少ししか話してくれなかったけど縁談の話も引く手あまただったらしい。でも、何か踏ん切りがつかなくて三十代を迎えてしまった。

そして、百合香さんに出会った。

そのときのことを初島さんは少し恥ずかしそうに言った。

「彼女だけが、特別に見えた」

そこだけ空気の色が違うように、彼女の周りにだけ光が当たっているような感覚。僕は経験したことはないけどなんとなくわかるような気もするんだ。そういう空気を纏《まと》っている人は結構いる。そういう人にカメラを向けると本当にいい被写体になる。

彼女の家柄も家庭環境も初島さんのそれとは比べようもないもので、初島さん自身はそんなことにこだわってはいないけど、百合香さんとの結婚を決めたときには家族から猛反対を受けたと言っていた。ほとんど勘当同然で結婚したと。

初島さんからは、本当に百合香さんのことを愛しているんだということが伝わってきた。それなのに疑ってしまう自分を本当に情けなく思っていることも、年下のほとんど初対面の僕に話していた。

ヒロから借りたデジタル一眼レフを掃除しながら、そういう信頼のようなものには応《こた》えてあげたいと考えていた。

水曜日に大学の工作室で同じゼミの真山と二人で黙々と模型を作っていた。来年開校五十年を迎える大学の記念事業の一環として大学の校舎全体の模型を作ることになっていて、ちょうどその年に卒業する僕らの学年にそのお鉢が回ってきていたんだ。本校舎はいいとしても田舎にある第二校舎は敷地も広くてその中には森もあれば小川もある。それらを全部再現するから、模型というよりはジオラマだ。しかも話がどんどん拡がってなんだったら実際に水を流したり、いやいや地質学の観点からの模型、いやそうなったら地球環境の模型としてとか、各学部の思惑がどんどん膨らんできて、要するにひな形を作る僕らの手間は増え続けている。そのジオラマが僕と真山の担当になってしまっている。最初は考えただけで気が滅入《めい》ってきたけど、やってみるとこういう作業は大勢でやるより地道にやるのが得意な二人ぐらいでやった方がはかどるような気もしている。

メールが入った。午後三時二十三分。朝から雨が降っていたから初島さんじゃないだろうと思って見たら富永からだった。

〈遊びに行っていーい？〉

返信する。

〈いいよ。バイトして十時には帰ってる〉

〈りょうかーい〉

やりとりしていると真山が誰？　という顔をした。

「富永。遊びに来るって」

あぁ、と苦笑した。真山は富永を知っている。ある意味では富永のわけわからない行動の被害者の一人だ。

「元気だよね、相変わらず」

「相変わらずそっちにもお邪魔してるの？」

うん、と真山が頷いてまた苦笑した。いつも思うんだけど真山の笑顔は優しい。どんな種類の笑顔でも、たとえば下ネタで皆で笑うときもこうやって苦笑するときも底抜けに優しいものを感じるんだ。

実はその笑顔に魅《ひ》かれて何度か写真を撮らせてもらったこともある。富永の被害者の一人の、真山の婚約者でもあるかほりちゃんと一緒に。

真山の佇《たたず》まいを眺めているとたとえようもない安心感を感じる。それは僕なんか足元にも及ばない大きさで、言ってみれば頼りになる力強さ。何か、その優しさの根っこに大きな力を感じる男。見た目は僕よりも全然弱そうだしいわゆる優男なんだけど。

何度でも写真を撮ってみたいと思わせる友人の一人だ。

まだ二十一なのに婚約者がいて、そういう同級生もなかなか珍しくて、真山は僕らの間でもちょっとした有名人だ。一昨年、その婚約者のかほりちゃんとデートしているところに僕と富永はばったり出くわしてしまって、富永が言うにはかほりちゃんに一目惚《ぼ》れしてしまってその場で無理やりに友人関係を結んでしまった。かほりちゃんは目を白黒させていた。

それ以来、富永はかほりちゃんと真山が暮らす家にちょくちょくお邪魔しているらしい。

「まぁでも、かほりも富永ちゃんのことは好きだからいいんだよ」

富永の話ではちゃんとマイ歯ブラシやマイコップも置いてあるそうだ。

「この間さ」

作業を始めた真山が言った。

「うん」

「自主休講したじゃん」

「うん」

「なんかあったの？」

真山が僕を見て少し心配気な顔をした。

「なんかって？」

「あんなふうにメールだけで休むの初めてだったから」

「あぁ」

ゴメン、と謝ると謝らなくてもいいけどさ、と微笑《ほほえ》む。真山にまで話をしてしまうのはさすがにまずいだろうから、最近時間が不規則な撮影のバイトを始めたとごまかした。

真山とは一年のときからこうやって学校では一緒によくつるんでいる。そういえば学校以外では滅多に会うことはないんだけど、ヒロとはまた違うタイプの友人だ。ヒロと一緒にいるといろんなことを話していて、際限なく話題を拡《ひろ》げていくけど、真山といると勉強のこと以外はあまり喋《しゃべ》ることはない。でもそれが全然苦にならない。そんな感じだ。

「またかほりがご飯食べにおいでよって言ってた」

「サンキュ」

たまに、真山の家に遊びに行くのは楽しみだ。ホッとする空気が流れている。真山もかほりちゃんも、人を安心させるタイプの人間だ。

富永が買ってきてくれたのはおいしいと評判の肉まんとなんとかっていうケーキで、それを夜食にしながら僕たちはやっぱり富永が持ってきたDVDを観《み》ていた。遊びに来るときは必ず食べ物とDVDを持ってくる。

映画好きの富永だけど一人で部屋で観るのはどうしてもイヤなんだそうだ。家族と一緒に住んでるから友達を呼ぶのは落ち着かず、だからDVDを借りては友達の家を転々として観ているそうだ。きっとこの家も富永の映画鑑賞室のひとつってことなんだろう。

彼氏はいないんだろうかと思う。そういう話を向けてもいつもはぐらかされる。ひょっとしたらヒロのことが好きなのかと思ったこともある。ヒロと暮らしだしてからはやたら家に遊びに来る回数が増えたから。まぁ家が近くなったというのもあるかもしれないけど。

十畳ぐらいある居間は僕とヒロの共同の部屋になっていて、そこにこの家には似合わない大画面テレビがどーんと置いてある。これもヒロの持ち物で、半年ぐらい前に買ったけど話では「競馬で万馬券を当てた」そうだ。どこまでが本当かわからないけど、本業では生活するだけで精一杯のギャラしか稼いでいない。ソファやテーブルなんかは二人であちこち回って掻《か》き集めてきた廃品。それを僕が直したりして使っている。

映画はジム・ジャームッシュ監督の〈Coffee and Cigarettes〉だった。ヒロも僕も公開時に観てはいたけど気に入った映画だったので大歓迎。二人で「ここがいいんだよな」とか茶々を入れようとすると富永は手のひらを勢い良く拡げて「黙って！」と怒る。そういうのがおかしくていつもタイミングを見計らっては茶々を入れて富永を怒らせていた。

「ねぇ」

DVDをしまっているときに富永は僕が作った建築模型を見ながら言った。

「前から訊《き》こうと思っていたけど」

ヒロと二人で声を合わせて「なに」と言った。

「あ、圭司くん」

僕のことを圭司くんと呼ぶ。それは中学の頃に同じクラスに僕と同じ名字の志田がいたからだ。どっちかと言うと大人っぽかった向こうが志田と呼ばれて、僕は皆に圭司と呼ばれていた。

「なに」

「どうしてカメラマンを目指していたのに、建築なの？　お父さんの影響？」

父さんは建築設計士をやっている。

「まぁ、その影響もあるけれど」

富永が座ったままずずっと移動してテーブルの上のグラスをとる。ヒロが残っているワインを注いであげた。

「カメラや写真のことばっかり勉強するのは、なんか違うかなと思って」

「どうして？」

「他のことを知っていた方が写真を撮るってことにいい影響を与えると思ったから。建物っていうのも昔から好きだったし、手で何か作るのも」

ヒロが頷《うなず》く。

「広い視野を持つのは、何かを表現しようと思ったら必要不可欠だな」

ふーんと富永が頷く。短大の英語科を卒業して就職はしないでアルバイト暮らししている富永。カフェの店員をやったり翻訳の下読みをしたりそれなりに一生懸命働いてはいるみたいだ。

でも、前に悩んでいるという話を聞いた。

「何かになっている自分が想像できない」

そういうふうに言っていた。僕がカメラマンを目指しているように、ヒロが広い意味でアーティストとして暮らしていこうとしているように、何かになろうとして人生を生きていく自分が想像できないと富永は言うんだ。僕にしてみれば、そういう感覚こそよくわからなかったんだけど。

だから、こうやって遊びに来ると、富永はよくヒロや僕に質問をする。

それをやっていて楽しい？

それは何のためにするの？

どうしてそうしようとしたの？

どうしてみんな何かになろうとしているの？

それは、どうしても必要なことなの？

そうやって訊くんだ。

ヒロは、そういう富永に一目置いているみたいだ。

「そんなふうに考えられる奴《やつ》はそれだけで貴重だ」

そう言って、富永が遊びに来るというと他の用事はさておいても家に必ずいようとしている。だったら二人で会えばいいじゃんと言ったんだけど。

「いや、ここでそういう話をしているのがまたいいんだ」

富永にそう言うと、富永も笑って「そうだね。そういうのがいいね」と、うんうんと頷いてなんだか一人で納得していた。

「富永、今バイトは？」

「清掃」

「セイソウ？」

「夜中にビルの掃除をしてる」

「それはまたノワールなバイトを」

ヒロが笑う。

「あ、してた。一昨日《おととい》でもう辞めたから」

「なんで」

富永がため息をつく。

「一緒にやってたおじさんに金で買われそうになって、一緒にやってた若者にレイプされそうになって、一緒にやってたおばさんにレズの世界に誘われて」

事も無げに言う。

「そりゃあ、難儀だったな」

「レイプって、大丈夫だったの？」

「もちろん」

大丈夫じゃなかったらここにいないよ、とコロッと笑う。多少ネタとして誇張はしてるんだろうけどまるきりネタでもないと思う。富永はたおやかな女性に見えるけれど、強い。

中学生の頃の富永と今の富永のイメージは一八〇度違う。あの頃は、優等生で大人しくて優しくて、道端でトンボが死んでいても可哀相《かわいそう》で見ていられないって感じの女の子だった。

それが、東京で再会したときにはまるで変わっていた。印象は変わらないんだけど話していくとどんどんどんどんイメージが崩されていって、僕はなんだかこれはひょっとしたら富永の顔をした別人じゃないかって思ったぐらいなんだ。そもそも夜中のビルの清掃なんて若い女の子がやろうとするバイトじゃないだろう。

「女を捨てたい」

聴きたいと言ってそこらに置いてあったノラ・ジョーンズのCDをセットして一曲目が流れ出してワインを一口飲んだところで富永がそう言った。

「なに？」

「女であることを捨てたいの」

僕はヒロと顔を見合わせた。ヒロが顔を顰《しか》めて言う。

「それはまた、なんで」

富永はふーん、とため息のような声を出して床に座ったまま膝《ひざ》を抱える。自分の膝に顎《あご》を乗せて僕とヒロを見る。

「私が抱いてって言ったら、抱く？」

「酔ってないか？　富永」

「酔ってません」

ヒロが煙草《たばこ》に火を点《つ》けた。

「そういうのが、邪魔なのか？」

こくん、と富永は頷いた。

「何をしても、どこへ行っても、誰と会ってもそういうのが付きまとうのがメンドクサイ」

「カレシを作っちゃえばいいじゃん。そうしたらそういうのはそれだけで済むだろ」

「今夜はバイトがあるから昼間に映画を観ようって言うから部屋に迎えに行ったらじゃあ夜できないからイッパツやってから行こうってベッドに押し倒されてそのまま三回もやられて結局映画も観ずにじゃあねって」

一息に言って富永はジロリと僕らを睨《にら》む。やっぱり酔っていると思う。

「そういうのが、ジャマ」

「映画を観たかったの？」

「そうじゃなくて」

「セックスに嫌悪《けんお》を感じるんだったら心の病だぞ」

「そうでもない」

またふーんと唸《うな》りながら眼を閉じる。

「何の自覚もないのに女である自分のポジションが嫌なの」

難しい話だ。ヒロと二人で頭を捻《ひね》った。

「ＳＦのように女か男かを自分で選びたかったってこと？」

そう訊いたら、少し考えてまぁいいや、と言うとクッションを枕《まくら》にしてごろんと寝転がる。そのまま眼を閉じたと思ったらすぐに寝息が聞こえてきた。僕とヒロは顔を見合わせて肩をすくめて苦笑いして、部屋から毛布を持ってきて掛けてあげる。富永は男臭いと寝ぼけながら呟《つぶや》く。

こんなことはよくあるんだ。朝までそのまま放っておくと「フッーは抱きかかえてベッドに寝かせてくれない？」と怒るんだけど。

洗足池公園《せんぞくいけ》

桜の時期にはずいぶん人が多いって聞いたことがあるけど、もう桜も散ってしまった洗足池公園は人もまばらで、でも緑が多くてきれいなところだった。

お昼の一時。百合香さんは池の横のベンチに座ってその横にかりんちゃんを座らせて、おにぎりを食べていた。

僕は池に架かるアーチ型の橋の上でカメラを構えていた。もちろん、あっちこっちの風景を撮っていると思われるように。

ヒロから借りたイオスは意外と軽くて扱いやすい機種だった。前回の反省を踏まえて、カメラはこれ一台きりを片手に持って、ハードシェルのウエストバッグを腰に巻いてそれだけ。服装もジーンズと白いシャツだけ。こういう格好の人はどこにでもいるし目立たないだろうと思っていたんだ。

デジカメにしたから思いっきり気軽に風景をバシバシ撮っていた。そのついでにそっちにもカメラを向けましたよ、という雰囲気を装《よそお》って僕は百合香さんにレンズを向けた。

かりんちゃんはニコニコしながら何かをほおばっている。小さな手のひらにご飯粒がついている。百合香さんは優しいお母さんの顔をしながら、飲物を手渡していた。赤ちゃん用のストローがついたカップ。

シャッターを切る。

三枚切ったところで、百合香さんの視線がこっちを向いた。ベンチから橋までは十五メートルはある。カメラがこっちを向いていてもまさか自分が撮られているとは思わない距離だ。間に木もあるから大丈夫だろうと思って構わないでシャッターを切った。

カメラを下ろそうとした瞬間にその表情が浮かぶのが見えて、慌《あわ》てて僕はもう一度カメラを構えた。

百合香さんが微笑《ほほえ》んだような気がしたからだ。

それは何かを見て思わず微笑んだんじゃなくて、明らかにレンズ越しの僕に向かっての微笑み。

そんなふうに感じたから。

でも、もう百合香さんはかりんちゃんの方を向いていた。

「気のせいだよ」

苦笑いして、レンズキャップを嵌《は》めた。

それにしても大きな池で、あらかじめ調べる余裕がなかったけどきっと何か由緒《ゆいしょ》あるものじゃないかと思ったら案内板を見て驚いた。勝海舟のお墓とか西郷隆盛《たかもり》の碑とかなんだかいろんなものがある。今度ゆっくり来て見るべきかなと思っていた。今まではは公園を楽しむ余裕があったんだけど、今は見失っちゃいけないというのがあるから、じっくり周りを見ることはできない。

池にはスワンボートも浮いていて、きっとかりんちゃんは乗りたいって言ってるんじゃないかなと思う。でも、まだ無理だろうな。初島さんがいてくれればいいんだろうけど、百合香さんと二人だけじゃあぶない。

この前と同じように疲れてしまったのか、ベビーカーに乗ったかりんちゃん。それを押しだした百合香さんの後をついて歩く。急に振り向かれても困らないように携帯を手に持ってメールを読んだり打ったりしている振りをしながら歩いていたんだけど、どうせならと思ってそのまま初島さんにメールを送った。

〈洗足池公園にいます。何も問題ないです〉

「送信」

ボタンを押した瞬間に前を歩く百合香さんが足を止めたのが視界の端っこに見えていたので、立ち止まったのだろうと思ってそのまま脇《わき》にズレるように歩いた。携帯を耳に当ててさも電話を掛けているというのを装いながらチラッと百合香さんの方を見たのだけど。

驚いた。

彼女が僕の方を見ていたのだ。眼が合ってしまって僕は慌てて視線を外して誰も出ていない携帯に向かって「あーどうもー」とか声を出していた。すぐに百合香さんはまた歩きだした。

あぶない。偶然だろうか。念のためにそのまま立ち話をしているふりをして、視界の端に後ろ姿を捉《とら》えながらもう少し距離を開けることにした。

そのときに、ふっとそれが浮かんできた。どうして今まで思い出さなかったのか不思議だけど、彼女は、百合香さんは似ている。里菜《りな》に。

高校時代に付き合った里菜。偶然だけど三年間ずっと同じクラスだった。

「似てるってわけじゃないか」

顔じゃなくて雰囲気だ。身体《からだ》全体から受ける雰囲気、空気。たとえば手を上げて髪をそっと流す仕草、歩き出すときの動き、ふいに動かした頭をもとに戻すスピード、遠くを指さすときの腕の動き。そんなようなものがひとつひとつ里菜に似ているんだ。

初めて真剣に付き合って、喧嘩《けんか》して、身体を重ねて、初めて別離に涙した女の子。卒業式以来顔を合わせたこともないし、話したこともない。友達からの話で東北の方の大学に行っているというのは知っているけど、それだけ。別れて以来僕はカノジョいない歴二年以上だ。別にそのショックを未《いま》だに引きずっているというわけじゃないけど。

里菜が言っていた。

「圭司くんは、眼がキツい」

キツいっていうのは眼つきが悪いっていうことじゃなくて、普通の人より視線が強すぎるってことらしい。もちろん自分では気づかないけど、やっぱり知らず知らずのうちに、ファインダーを覗《のぞ》くように人を見つめているのかもしれない。そう言うと、里菜も頷《うなず》いていた。

「そうかも。だって圭司くん随分細かく観察しなきゃわからないこと、覚えてるもん」

そんなふうに言ってた。そして、蝶々《ちょうちょう》結びが縦結びになってしまうことを指摘されて恥ずかしかったと笑った。里菜は急いでいると、たとえば靴ひもなんかを縦結びにしてしまうんだ。なんだかストーカーみたいでやだなって言うと、カメラマンになりたい人なんてみんなそういうのがあるんじゃないの？と言っていた。

かりんちゃんが降りたいと言ったんだろう。百合香さんがベビーカーから降ろすと、途端にかりんちゃんはおぼつかない足取りで走りだした。百合香さんの待ってーという笑いが混じった声が聞こえてきて、かりんちゃんもきゃあきゃあ言って喜んでいる。あんまり走ると転ぶよ、と僕が声を掛けたくなったときに案の定転んでしまった。でも、そんなにひどい転び方じゃない。止まるのに足がもつれてへたり込んだって感じ。予期していた百合香さんも慌てていない。なんだか情けない顔をして百合香さんを見上げるかりんちゃんに、手を差し伸べないまま優しい声で何かを言ってる。きっと「ひとりで立ってね」とか言ってるんだろう。かりんちゃんは首を横に振ってまだ座り込んでいる。百合香さんが中腰になって、笑顔で何かを言った。たとえば、「お父さんに言っちゃおうかなー、かりんは弱虫だよーって」とか、「がんばって、一人で立てたらえらいなー」とか、そういうこと。

一人で立ち上がれないと、ダメなんだよっていう基本中の基本。かりんちゃんはよいしょって立ち上がった。汚れをしゃがみこんだ百合香さんが軽く叩《たた》いて落としてあげて、エライね、一人で立ったね、と笑いかける。そして二人で手を繋《つな》いで歩き出す。もちろん、その一部始終を僕はフィルムに収めていく。

そしてゆっくりと、二人の後をついていく。


そう言えば別れ話をされたのも公園だったなぁと思い出した。単純に、僕が振られたんだ。その理由を里菜は自由になりたいと言った。何だか全然その理由にピンと来なくて、僕は悲しむより怒るより、ただ首を傾《かし》げていた。

圭司くんは優しすぎる。そう言った。優しすぎて私はどんどん自分が自分でなくなっていくような気がする。そうも言った。

今思い出してもやっぱりピンと来ない。ただ、公園のベンチに座って泣き出してしまった里菜に何て言えばいいのか僕はおろおろしていた。別れたいなんて言われたのはもちろん初めてで、じゃあ怒ればいいのか、引き止めればいいのか、問い詰めればいいのか、僕の経験値の中にそんなものはまるでなかったから。

だから、何も言えなかった。泣くなよ、と言うのが精一杯だった。しばらくして泣きやんだ里菜に「これで終わり?」と確認すると、少しだけ考えるようにして里菜は頷いたので、僕はベンチから立ち上がった。

立ち上がって、里菜と眼を合わせて、さよならと言って、背を向けて歩き出して、それっきり。

「公園に来るのがイヤになってもいいよな」

百合香さんとかりんちゃんの後ろ姿を見ながら僕は苦笑して呟いた。あのとき、里菜はこうやって僕の後ろ姿を見ていたんだろうか。振り返ることをしなかったからわからない。振り返っていたら、眼が合ったんだろうか。

百合香さんとは、それからは、眼が合うことはなかった。

眠ってしまったかりんちゃんを乗せたベビーカーを押しながら駅まで歩いて電車に乗った。もちろん僕は二人がマンションに帰るまでその後をついていって、玄関に入るのを確認して歩き出した。後ろは振り返らずに。

days 5

「バレてるんじゃないか？」

「そんなはずはないよ」

百合香さんが僕を見ていたとヒロに話すとそう言ったので反論した。

「だって、もし僕が尾行していることがわかっているんなら、微笑むはずないじゃん？」

向こうから見れば不審者なんだから。

「それもそうか」

「そうだよ」

洗足池公園で撮った百合香さんの写真のデータを初島さんに送ろうと思ってMacをいじっていた。中古品で買ったG４なんだけど今のところは何のトラブルもなく動いている。基本的には写真のストックにしか使ってないから高いソフトもいらないし。

まぁ必要ならヒロに貸してもらえる。

今までに撮った写真は現像したのをスキャンして整理してある。せっかくだから自分のサイトを作ればいい。どこでどう繋がって仕事になるかわかんないしな、とヒロは言うけど今のところその気はないんだ。もちろん家族写真が多いからサイトに載せるとしたら皆さんの許可を取らなきゃならないし、こんなご時世だから家族の写真なんて載せない方がいいだろうし。

それに、まだ僕はいったい自分の写真で何をしたいのかわかっていない。

まるで富永の問いみたいだけど、僕もそう思っているんだ。カメラマンという職業になりたいとは思っているけど、じゃあ一体自分はそれで何をしたいのかはわからない。写真を撮ってそれが職業になって生活していける、というのはひとつの目標ではあるけれど、そういう自分がそこで何をしたいのかが、わからない。

そんな難しいことはまだ考えないで、ただ心のおもむくままに撮っていればいいさ、と言うヒロの言葉に頷いている。たぶん、まだ僕はそんな段階なんだ。バイトで撮る、記事の間に挟み込むお店の写真や道端のスナップならともかく、自分が本当に何を撮りたいのか、何をしたいのか。それがわかるまでは、と思ってる。

ひょっとしたらずっとわからないままかもしれないっていう焦《あせ》りは多少あるんだけ

ど。

「なぁ」

「なに？」

僕の部屋で本棚の前に座って本を読んでいたヒロがこっちを見ないまま言った。

「オレ、その写真見てもいいのかな？」

ディスプレイの中で百合香さんが微笑《ほほえ》んでいる。そうか、さっきからヒロがこっちを見なかったのはそのせいか。

「どうなんだろ」

「まずいよな、やっぱ」

「そうだねぇ」

基本的にはまずいと思う。

「ま、でも見たからどうだってものでもないしな」

まぁそれもそうだと思う。言うとヒロはクルッと振り返ってディスプレイを見た。

一瞬凝視して、それから笑った。

「美人だ」

「うん」

くいっと首を傾げて、また笑った。

「いい写真だ。いいよ」

これは撮り続けた方がいいな、とヒロは小さな声で言った。

六月三日は〈クエル〉のマスターの奥さんの命日で、その日はいつも店が終わった後にお店が入っているビルの屋上を借りて〈星を観《み》る宴〉が催されるんだ。僕もこれで三回目の参加になる。

ゲイのマスターに奥さん？　と疑問に思ったのだけど、いろいろあるらしくて詳しくは訊《き》いていない。とにかく普通に女性と結婚したのだけどガンで亡《な》くなってしまったのだそうだ。天体観測が趣味だったらしくて、奥さんが遺《のこ》した高そうな天体望遠鏡もその日は屋上に設置される。

不思議とその日の夜はいつも晴れている。僕が参加してからはいつも晴天だったし、かれこれ十二年になるそうだけど、昼間に雨が降った日でも夜にはあがっていたらしい。

マスターの手作りの料理とお店のお酒と、参加する皆が持ち寄ったおみやげが屋上に出したテーブルやビニールシートの上に並べられて、皆は適当に食べたり飲んだり望遠鏡で星を観たり。

東京の夜空に星なんか、と思う人がいるだろうし僕もそうだったんだけど、これが意外とそうでもない。確かにこうこうたる街の灯に消されてしまってはいるけど、天体望遠鏡はしっかりと星を捉えてくれる。その何百年何千年も前の光のまたたきを僕らに届けてくれる。

「きっとあれが奥さんの星ですね」

なんていうベタなギャグも十二年も経《た》つと普通にできるらしくて、毎年誰かが言っている。いや今年はあれだな、なんてマスターも笑って返している。

マスターとは小さい頃からの友人だという小川さん、直井さん、高崎さん、それにお店の常連でもあるチーちゃんやアッコさん、瑞枝《みずえ》さん。そして姉さんもこれに毎年参加している。もちろんヒロも。富永は去年は居たけど今年は何やら都合が合わなかったらしい。

マスターがうんと言えば誰でも参加できる。騒いだり羽目を外したりしなければオッケーなんだ。だから見知らぬ人がいることもあるし、家族で参加して子供がいることもある。

やっぱり年齢層が高いので、ゆったりと時間が流れていく。誰もここに居ることを、何ていうか、急いだりしない。いつも店で過ごすよりもっとリラックスしてのんびりしている。

僕たちはヒロが持ち込んだキャンプ用のテーブルを広げて、椅子《いす》を置いてそこで飲んでいた。マスターが作った唐揚げが抜群に美味《うま》いと八個も自分の皿に取り分けて、ゆっくりじっくり焼酎《しょうちゅう》を飲みながら食べている。マスターの飼い犬の小太郎も家から連れてこられて、何故《なぜ》か僕たちのテーブルの下に寝そべっていた。

直井さんがビールの缶を持ちながらやってきて、空いている椅子に腰掛けた。広告会社の社長の直井さんはマスターの奥さんのお兄さんで、偶然だけどヒロとも仕事上で繋がりがあって顔見知りだ。もう六十近くで体力的にキツイから早く引退したいそうだ。どっか田舎に引っ越して晴耕雨読の生活をしたいと、白髪が増えてきてほとんど銀髪になってきた髪をかき上げながらいつも言っている。

「どうだ、仕事の調子は」

ヒロに向かって言った。

「いいっスよ。直井さんがもっと仕事を回してくれたらもっといいです」

直井さんが「バカやろう」と軽く言いながら笑った。

「せっかく回してやってもお前が選り好みするんじゃないか」

ヒロが苦笑いして肩をすくめた。仕事の付き合いとは言っても、直井さんはヒロをかなり認めていて、気に入ってる。プライベートでも一緒に釣りに行ったりしてるからけっこうラフな感じに接しているんだ。

ヒロは急に思いついた顔をして、直井さんに訊いた。

「妹さん、マスターの奥さんって、どんな人だったんスか」

「どんなって」

「儚《はかな》げだったとか」

そんなことはない、と直井さんが首を横に振った。

「むしろ体育会系の活発な女だったよ。学生の頃は陸上部だったしな」

「へー」

「まぁでも、変わってはいたな」

缶ビールを一口飲んで、うんうんと頷《うなず》く。

「変わってるっていうのは」

「そりゃあ、あいつがゲイなのに無理やり結婚したりとかな」

「え」

「そうだったんですか?」

知らなかった。てっきり奥さんと死別してから何らかの理由でマスターはゲイになったと思い込んでいた。

「なんだ知らなかったのか」

苦笑しながら白髪混じりの髭《ひげ》をごしごしと擦《こす》る。

「古い友人は皆知ってる。まぁ親にはなぁ、最後まで隠し通したけど」

「どうしてまたそんなことを」

「まぁ」

そう言ってから煙草《たばこ》はないか、と僕に訊いた。ライターと一緒に渡すと一本抜いて火を点《つ》けて、ふかした。禁煙というわけではないけど、ここ何ヶ月か自分では煙草を買わないそうだ。貰《もら》い煙草という懐《なつ》かしくも煙草のみの伝統的な良き風習を甦《よみがえ》らせようとしているとか言っていた。

「今でこそ、そういう人たちへの風当たりは弱くはなっているけれど、俺たちの時代はそうでもなかったからな。普通に生きようと思ったらなかなか辛《つら》いものがあった。ましてやあいつは社会的にも責任ある立場だった」

マスターはかつて弁護士だったたって聞いた。

「朱美《あけみ》は、あいつがやりたいように生きるために隠れみのになると自分で言いだした。

むろん、そんなことはできないってあいつは突っぱねたけど、朱美が強引にな」

「そうだったんですか」

「まぁでも」

直井さんは、空を見上げた。

「今考えると、朱美も、なんだ、生き急いでいたのかもしれん」

「生き急いだ」

「自分に残された時間が少ないって予感していたから、いちばん愛する人のためにできることをやろうと決めてそれを選んだのかもしれん。自分の人生より何より、あいつのことを」

煙草の灰を落として、少し真面目《まじめ》な顔をしている僕らを見て微笑んだ。

「なんかのネタになるか」

「そんな」

僕もヒロも慌《あわ》てて首を振ったら、いいんだ、と言う。

「表現者になろうと思ったら、ほら、芸人とおんなじだ。何もかも自分の芸のコヤシにする覚悟が必要だ。こんな話でも若い連中のコヤシになるんだったらそれこそ年寄りの本望ってやつだ」

最近はそんなふうに思うって直井さんは言う。

「ちょっと前まではな、若い奴《やつ》にはって気持ちがあったけど、最近はなんだか踏みつけられて乗り越えられることが快感になってきた。こいつはすごいな、俺より大物になるなってのを感じると嬉《うれ》しくなってくる。むしろそういう奴がいないと、なんだまったくって思っちまう」

すっかり俺も年寄りだと笑った。

「ときどき考えるんだよな」

明日は朝の九時から取材があるというヒロと一緒に終電に間に合うようにビルを出た。駅に向かって歩き出したところで、ヒロが屋上を仰ぎ見てそう言った。

「何を？」

「なんで、人間は誰かと一緒になることをいつも考えているんだろうなって」

変な話だけどさ、と笑う。

「カノジョやカレシや、奥さんや旦那《だんな》さんをさ、探しているわけじゃん。みんな」

それが男だったり女だったりいろいろ愛の形はあるんだろうけどって続けた。

「欠片《かけら》を探しているって童話があったよね」

「あったな」

「一生独身の人もいるだろうし」

うん、とヒロは頷く。駅前の交差点が赤だったので立ち止まって待つ。待ってる間にヒロは財布を取り出して小銭を用意していた。カードが嫌いなので絶対使わないし、券売機の前でごそごそやるのも嫌いなので必ず手前で用意する。

信号が青になって歩き出したときに、あれだよなって言った。

「誰かを探した方が幸せなんだろうなってさ」

「幸せ?」

そう、と頷く。

「そこには幸せの匂《にお》いがあるって本能なんだよきっと。人間が生きていく上でのさ。いちばん根っこにある本能」

幸せの匂いを嗅《か》ぎ取って、それを追わざるを得ない。だからいつもそういうことを考えている。

「マスターの奥さんも、自分の幸せの匂いをマスターに感じてそうしたんだろうな」

打算とか将来とかそんなもの一切抜きの本能。券売機に小銭を入れながら、なぁそう思わないか? と同意を求めてヒロは笑った。

世《せ》田谷《たがや》公園

水曜日の朝にメールが入った。

〈世田谷公園には行くそうです〉

世田谷公園には行ったことがない。すぐにネットで調べたら三軒茶屋駅で下車とあった。そこからけっこう歩くみたいだし、天気予報では暑くなるって言っていた。薄手のシャツ一枚でいいかもしれない。それにしても本当に晴れの日には毎日出掛けるんだなって感心していた。

世田谷公園は、なんだか子供には楽しそうな公園だった。本物のＳＬが展示してあって、Ｄ51だという案内があった。知識としてそれは蒸気機関車の人気の車種だというのはあったし、小さい頃に僕は本物のＳＬに乗ったことがある。なんだったかな、よく覚えてないけどもう廃線になってるところに期間限定かなんかで走らせたんだと思う。たしか幼稚園か小学校の低学年の頃。まだ母さんが生きていた頃で、しっかりと写真も残っている。肝心のSLの記憶はほとんどないんだけど、あの独特の匂いだけは記憶に残っているんだ。

百合香さんは、今日は柔らかそうな素材の淡いクリーム色のワンピースだった。あまりカラフルなものを好まない人なのかな。

初島さん親子が住んでいるのはマンションで、レンガ色の大きなお洒落《しゃれ》なものだった。きっとオートロックで中も広いんだろうな、と感じさせた。

百合香は友達が少なくてね、と初島さんは言っていた。

高校を出てすぐに東京に出てきて初島さんと結婚したので、こっちには知人もあまりいない。高校時代にも友人と呼べるような人は少なかったらしい。だから、昼間は本当にかりんちゃんと二人きりなんだと。だから余計に心配になると。

幼稚園に通わせるようになればまた違うんだろうなって話していた。マンションにも特に知人がいるわけじゃないけど、毎日幼稚園のバスが迎えに来て、何人かの子供たちが乗っていっている。だからきっと同じぐらいの子供を持つお母さんも同じマンションにいるはずだ。そういう人と友達になって、同じ幼稚園に通わせるようになればいいと。

でも、そういう話をしても百合香さんは笑っているそうだ。

「もちろん、かりんに友達は必要だけど、私のことを気づかっているなら大丈夫よ」

そうやって、本当に屈託なく笑うそうだ。


どういう女性なんだろうと、いつも考えていた。

ファインダーを覗《のぞ》けば、その人をレンズ越しに捉《とら》えて写真に撮れば、その人がどういう人かがわかるという確信が僕にはあった。何の根拠もないただの独りよがりのものなんだろうけど、そう思っている。実際写真を撮った親子とその後知り合いになって何度か会っていくと、僕のその確信は間違いないと確かめられる。

百合香さんは、まず何より芯《しん》の強い人という印象があった。姉さんやヒロなんかもそういう人だと思うんだけど、また違うタイプの強さ。何て言うのか、ひょっとしたら独善的と取られるかもしれない感じ。違うかな、独立独歩？　なんか違うか。

そういうことを考えていると、僕は言葉を知らないなぁ、表現するセンスがないなあといつも思う。うまく人に説明できない。

ひょっとしたら、だから写真なんかを撮っているのかもしれない。ライターとしても仕事をするヒロをうらやましいと思う。指が流れるようにキーボードを打ち、そこから紡《つむ》ぎ出される言葉にいつも感心してる。よくもまぁ何も考えずに、いや考えてはいるんだろうけど、ああやってすらすらと言葉が出てくるなぁと思っているんだ。

いつものように十メートルぐらいの距離を置いて、百合香さんの速度に合わせて歩く。かりんちゃんは起きているけど、ベビーカーに乗っている。そろそろベビーカーを卒業する頃のようにも思うけど、こうやって公園を歩き回るのには必要なんだろうなと思う。

百合香さんはベビーカーを、ゆっくりゆっくり押して歩いている。その足取りはまるでステップを踏んでいるように見える。ゆるやかにゆったりとした曲に合わせて踏むステップ。形の良いふくらはぎがときどき半円を描くように揺れる。時々、横顔が見える。周りの景色や公園に集う人たちに視線を向ける。空を見上げることもある。立ち止まってかりんちゃんを覗き込んで笑顔を見せる。

後ろから見ているからその笑顔を確認できないけど、見えるような気がする。

ふいに、どうして彼女は公園に出掛けるんだろうと考えた。

もちろん、公園が好きなんだろう。じゃあどうして公園が好きなんだろう。子育てをしていて家に閉じこもっていてはいけないというのは、わかる。子育てに悩んでひどいことになってしまう事件は後を絶たないらしい。毎日のようにニュースで児童虐待《ぎゃくたい》が報道されている。親でもなんでもない若造の僕でさえひどいなと思う事件は山ほどある。感受性の強い人は毎日泣き暮らさなきゃならないんじゃないかと思うぐらい。

よく昔はそうではなかったという話を聞くけど、それはきっと昔は家族や近所付き合いが支えていたんじゃないかと言うと、ヒロは、娯楽や誘惑が少ない時代だったから、子育てというものが意識の中であたりまえだったからだと言う。それは自分の役割だと疑問を持たなかったからだと。今はそうじゃない。子育てに時間を取られることに疑問を持ってしまうんじゃないか、〈自分の時間を犠牲にしている〉というふうに意識が完全にシフトしてしまっているんじゃないか。そう言う。

百合香さんもそうなのだろうか。子育ては大変だ。ブルーにならないように、そうならないように、公園に出掛けていると初島さんに言った。楽しんでいるから大丈夫だと。

それなら、公園は、ただ好きなだけじゃなくて、彼女にとっての逃げ場なんだろうか。

仕事を優先させて家族のことに気を回せない夫。友人もいないこの東京で一人子育てする淋《さび》しさ、辛さ。そういうものが、百合香さんの中にしっかりとあるということなんだろうか。

それを感じているからこそ、公園に出掛けるんだろうか。

ミニSLというのがあった。小さな蒸気機関車に乗れるんだ。

へぇと思った。そんな施設があったんだ。百合香さんは何かをかりんちゃんと話して、そっちの方へ歩いていく。乗るんだろうか。かりんちゃんが何かを大きな声で言ったのが聞こえた。乗る！　とでも嬉しそうに叫んだのかな。

ちょうどいい。この公園に来たという証拠の写真にもなるなと思った。乗り場の方に歩いていくのを確認して、僕は適当な撮影場所を探した。

そんなに多くはないけどそれに乗ろうとしている子供とお父さんやお母さんもいる。僕が撮影している姿を百合香さんに見られても同乗している誰かを撮っているんだぐらいに思うだろう。ぐるりと回ってきたミニSLが駅に帰ってきた。けっこうちゃんとした駅舎があって改札口もある。どれぐらいの長さを走るんだろう。ずっと柵《さく》で囲まれた線路があるから、どこかその辺で撮っていても誰にも怪しまれないだろう。

そういえば、小さい頃に行ったどこかの遊園地にもこういうのがあったなぁと思い出した。あれはどこだったんだろう？　どこか、旭川ではない町の遊園地だったように思うんだけど。今度父さんに訊《き》いてみようか。

そういえば、父さんの顔もしばらく見ていない。本当に暖かいというか暑いぐらいな日で少し汗を感じていて、今頃北海道はどうかなぁと考えていた。大学に入ってその年の夏に帰ったけど、それ以来戻っていない。こっちに来て三年目になったけど、まだ雪のない冬にはどこか違和感を感じる。

家を出るときに父さんは、別に無理に帰ってくる必要はないって笑っていたんだ。

「どうせ何かあったら戻らなきゃならないんだから、放っておけ」

そう言っていた。子供は親元を離れたらそれっきりでいい。元気でやっていればそれだけでいいんだって。それはそれで子供としてはありがたい言葉だったけどどうなんだろう。淋しくはないものなんだろうか。

親の気持ちは親になってみないとわからない。そんなふうに皆言う。そうなんだろうと思う。だから、子供は親に甘えていればいい。ただそれだけでいいんだって、父さんは言っていた。

ミニＳＬはまだ発車していない。百合香さんがかりんちゃんを抱っこして乗り込んでいた。少し窮屈そうだ。かりんちゃんが手を叩《たた》いて喜んでいるのを僕はすかさず撮った。この写真は、初島さんも喜ぶと思う。運転士さんが先頭にまたがっている。こういうところ以外では恥ずかしくてできない格好だなぁと苦笑い。

駅舎から少し離れたところで僕はカメラを構えていた。機関車がゆっくりと動きだした瞬間に子供たちの歓声があがった。一緒に乗っているお母さんたちの声も小さく響く。百合香さんのはじけるような笑顔も、僕は押さえた。

ゆっくりゆっくり、機関車は煙を吐いて走っていく。

僕の立つところへ近づいてくる。カメラを構えてずっと百合香さんとかりんちゃんを見ていた。何枚か連続して撮った。

次の瞬間、僕は自分の目を疑った。

百合香さんの腕がすっと伸びたかと思うと、僕を指さした。かりんちゃんに何かを言っている。かりんちゃんが僕の方を見た。

二人が、僕に向かって手を振った。

そして、機関車が通りすぎていった。

混乱していたんだ。慌《あわ》てていた。通り過ぎていった機関車を呆然《ぼうぜん》と見送ったけど、百合香さんが振り返るようなことはなかった。

なんだろう。偶然か？　たまたまカメラを構えていた僕に向かって、百合香さんがふざけて、と言うか遊び心でかりんちゃんに手を振れと言っただけだろうか。

「それしか、ないよな」

何人かカメラを構えていた人は周りにいた。パラパラとあちこちに。お父さんらしき人やおばあちゃんらしき人。ビデオカメラを構えている人もいた。

そういう人を見て「ほら、手を振ってごらん？」と子供に言ってみる。

ありえないことじゃないだろう。そう思う。柵に寄りかかるようにして自分の子供を撮っているお父さんなんかにはできないだろうけど、僕はレールの柵からかなり離れていたからそうしたって構わないだろうぐらいに思うことは、ないとは言えない。非常識ではないと思う。

実際、戻ってきた百合香さんは何事もなかったかのようにかりんちゃんと二人で歩きだした。僕の方など見向きもしないで。

いつものように、お弁当を食べて、夕方になる前に家に帰っていったんだ。

days 6

結構混乱していた。

帰りの電車の中でずっと考えていたんだ。百合香さんが僕の尾行に気づいていると したら？ というか、最初からわかっていたとしたら？ なんてことを。

「ありえないよなぁ」

家に戻るとヒロは外出していた。なんだか考え疲れてしまって居間に入ってソファにどさっと座り込んだ。

馬鹿《ばか》な想像だけど、これが最初から仕組まれていたとしたらどうだろう。初島さんと百合香さんは二人して僕を騙《だま》している。浮気なんて話をでっち上げて、僕にそんな頼みごとをして写真を撮らせて。

「ダメだ」

そんなのは、やっぱりありえない。そんなことをして何になるって言うんだ。テレビのドッキリネタじゃあるまいし、「実はわかってましたー」って最後に僕に言う？馬鹿馬鹿しい。じゃあ、僕の尾行が下手くそで百合香さんが気づいてしまった？っていうのは前にも考えたことだ。それにしたって、普通は警察に通報するか初島さんに言うのが、正しい大人の判断だろう。知らない男に尾行されて写真を撮られているのにニコニコしている女性なんて、それはおかしい。変だ。

撮ってきたデータをパソコンに移した。初島さんに送ってあげなきゃならない。そのまま送るのにはデータが重すぎるのでPhotoshopで開いてサイズを落として別名で保存していく。

別に撮った写真を全部送るという約束はしていない。どこの公園かがわかるように撮った写真と、あとかりんちゃんが可愛《かわい》く撮れたやつとか適当に二、三枚か四、五枚、初島さんの会社のメールアドレスに送る。

〈今日も、いつも通りに公園に行って帰ってきました〉

何もない。浮気どころか公園以外に寄っていくところなんかない。あ、もちろん買い物には行っていた。公園の帰りにマンションの近くのスーパーに寄って、きっと晩ご飯の買い物をしていたことはある。それは別として。

画面に残ったのは、僕に向かって二人で手を振っている写真。

これは送れない。いや送った方がいいんだろう。こういうことがありました。ひょっとしたらバレているのかもしれません。バレているとしたら、もう意味がないしやめた方がいいんじゃないでしょうか。そういうふうに初島さんに報告すべきだろう。うん、それが正しい判断だと思う。

でも、僕はしなかった。ディスプレイの中から僕を見つめている百合香さんとかりんちゃん。

その瞳《ひとみ》には親しみが込められていた。明らかな好意が。そう思ったのは、僕の勝手な思い込みなんだろうか。わからなかった。

「なんだろうなぁ」

ため息をついた途端に携帯にメールが入った。初島さんからだった。

「悪かったね。呼びだして」

「いえ、全然平気です」

吉祥寺に用事があって来ていて七時ぐらいには終わる。良かったら食事でもしないかというお誘いだった。

「でも、家に帰らなくてもいいんですか?」

仕事が終わったんだったらまっすぐ帰って家で食事をした方がいいと思うんだけど。そういう意味で訊いたら、またこれから会社に戻るんだと苦笑いしていた。どこか美味《お》しい店を知らないかというので〈キッチンるる〉に案内した。家庭料理の店で安くて美味《い》いし量も多い。普通の民家を改築した店なのでパッと見はさえないんだけど、これがこの界隈《かいわい》では人気がある。もちろんヒロに教えてもらった店だ。

「いいなぁ、この雰囲気」

席につくと初島さんはそう言って笑った。

「こんなところには、あんまり来ないんじゃないですか？」

訊くと頷《うなず》いていた。

「最近はね。でも学生時代はね」

初島さんは、ものすごく真面目《まじめ》そうな顔をしている。シルバーの細いフレームの眼鏡のせいもあって黙っていれば少し冷たそうな印象がある。でもこうして笑いながら話すと親しみやすい人なんだなっていうのがわかる。ごちそうするからなんでも好きなものをと言われて僕はポークカツ定食に。初島さんは今日の晩ご飯というメニューを注文した。

「百合香さんは」

「うん？」

「料理は上手なんですか」

我ながらなんていう質問をするんだと思ったけど、初島さんはそうだなぁと頷いた。

「上手な方だと思うよ。凝ったものは作らないけど、お味噌汁《みそしる》なんか普通に美味しいから」

それから、僕の出身はどこだとかそういう話をしながら二人で差し向いでご飯を食べていた。僕はジーンズにシャツにスニーカーで初島さんはいかにも上等そうなスーツ姿。傍目にはたとえば年の離れた兄弟とかそういうふうに見えるだろうか。社会人の兄が学生の弟に晩ご飯をおごっているというふうに。

「北海道かぁ」

「行ったことありますか？」

「うん。大学生のときに一度だけ。函館と札幌に行ったな。食べ物が美味しかった」

皆そう言う。そこに住んでいた僕はそんなにも感じないんだけど。実際東京に住んでから何かが北海道より不味《まず》いと感じたことはあんまりない。

ご飯は美味しいけど、そんなに会話が弾むはずもない。初島さんは僕に変なことを頼んでいるっていうのがあるし、僕は僕でそれを頼まれてる。おかしな関係だ。それでも、仕事はどんなことをやっているとか大学ではどうだったとか、途切れ途切れに話しながら食べていたんだ。

ずっと考えていたんだけど、そしてこんな、こんなって言ったらオーナーに失礼だけどご飯屋さんで訊くようなことじゃないと思うんだけど、周りの席に誰もいないのをいいことに、思い切って訊いてみたんだ。

「あの、百合香さんのことですけど」

「うん」

「失礼なんですけど、理由があるんじゃないですか」

「理由？」

もう一つ、あるいは別の。

「初島さんが、僕にあんなことを頼もうと考えた理由」

どうしても、かりんちゃんが言った一言だけで浮気してるんじゃないかって考えて僕にそんなことを頼むとは思えないんだ。こうやって話していても、初島さんはそんな男じゃないように思う。もっと他に、僕に頼むのを決めてしまった理由があるような気がしていた。

そう言うと、初島さんは箸《はし》を置いて、少し下を向いた。

「やっぱり、君は鋭いんだな。僕の勘は鈍っていないな」

僕と初めて会ったときに感じたという。この若者は一を聞いて十を知るタイプだと。

「仕事柄たくさんの若い連中と接する機会が多くてね。そういう僕の勘は外れないんだ」

自分の眼を信じていて仕事ができる男、というタイプ。そう思った僕の眼も狂っていなかったわけだ。初島さんは言いづらそうにしていた。何もかも話そうと思ったけど、いざとなると迷ってしまう。そういうふうにしていた。拳《こぶし》を握ったり開いたりする。

「どうしても、こんなにも公園に通う理由が納得いかないんだ」

歩きながら話そう。駅までの道をゆっくり歩きながら初島さんは言った。

「こういうふうに言うと誤解されるかもしれないけど、簡単に俗っぽく言ってしまうと、僕の家は格式が高い家なんだ」

なんとなくそんな感じがしていたから、頷いた。

「僕自身は恥ずかしく思っているのだけど、たとえば、パーティを催すことがある」

そういうパーティには政財界の偉い人や芸術美術の重鎮なども集まるそうだ。そして初島さんの親戚《しんせき》関係も大学の教授だったり政治家だったり。

「これも簡単にわかりやすく言うと、君たちの知らないレベルの生活をしてきた」

初島さんの言い方は嫌味ではなく、時間がないから端的に言っているだけというのはわかったので素直に頷いた。そうだと思う。きっと僕には一生縁のない世界。

なんとなく僕はわかってきた。

「結婚に猛反対されたけど、それを初島さんは押しきった。結婚できたということは、百合香さんは否応《いやおう》無しにその中に放り込まれたっていう話ですか？」

「話が早いね」

卒業したらうちの会社に来ないかって笑う。僕も笑って考えておきますって答えた。

「もちろんそれを承知で百合香も僕と結婚した。勘当同然だったけど何とか親とも和解できた。それから百合香は一生懸命に家の、何というかしきたりとか格式とかそういうものを理解しようと、溶け込もうと努力したんだ。家柄が違うと反対はしたものの、そういう努力を、人の一生懸命な姿を嘲笑《あざわら》うような家族じゃない。頑張ってくれていると、評価しているんだ。少なくとも嫁姑《よめしゆうとめ》の確執があるとかそういう問題じゃないんだ。父などはすっかり百合香のファンだよ。僕の眼に狂いはないと言ってくれている」

「それじゃあ」

初島さんは、ちょっと淋《さび》しそうに笑う。

「そういう家にいるときの百合香と、昔の仲間と一緒にいるときの百合香はまるで違うんだ」

「昔の仲間」

頷いた。

「地元にいるいちばんの、たった一人と言ってもいい友人が一年前に結婚した。いい機会だからかりんを家に預けて式に出てゆっくりしてくればいいと言ったんだ。百合香もじゃあ一晩だけ泊まってくると言って出席した。そして、これは本当に偶然なんだけど僕もその日に静岡の方に出張で行ったんだ。急な仕事でね」

変に百合香さんに気を使わせるのもかわいそうなので連絡はしなかった。夜になって仕事を終えて帰ろうとした初島さんは、たぶん式の二次会帰りだろうと思われる百合香さん達の姿を偶然に見かけたそうだ。

「同年代の友達に交じってはしゃいでいる百合香は、まるで別人だった。言葉も、仕草も、笑顔も」

「それは」

「あたりまえだって言うんだろう？　それはそうだ。僕だってわかるよ。でもね、そのときの百合香は本当にきれいだったんだ。何もかもが輝いていた。そこが自分の場所だと、そこにいる自分が本当の自分だというように。僕は百合香を縛ることで彼女を苦しめているんじゃないかと考えた」

そう考えると、と初島さんは続けた。

「たとえば家の食事会などに出ていて、親族の人間と話すときの百合香は、陸《おか》につり上げられた魚のようなんだ」

でもそれは、それは百合香さんが納得して自分で選んだ道じゃないのか。そう言うと初島さんは唇を嚙《か》みしめた。

「わかっている。わかっているよ」

何かの感情を押し殺すような表情を見せる。もうすぐ駅に着く。

「うまく言えないんだが、彼女が公園に行くというメールを受け取る度に、僕は不安になる。彼女はそのまま、自分が居るべき場所へ帰ってしまうんじゃないか。家に閉じこもらないための、ストレスを感じないようにするためなんだと聞かされても、彼女は僕の側の世界ではない、自分の方の世界へ出ていきたがっているんじゃないかと」

何ともいえない表情をした。それは、そんな自分の感情を僕みたいな若造に吐露しなければならない後悔や自分への怒りや要するにそんなものが入り交じった表情。

「公園へ出かけていってそのまま、かりんと二人で」

一度言葉を切った。

「僕の前から消えていってしまうんじゃないかとたまらなく不安になる」

大きなため息を、初島さんはついた。

改札口で別れるときに、初島さんは苦笑した。

「君は、不思議だな」

「不思議?」

聞き返すと小さく頷いてから、いやそれは失礼な言葉かなと謝った。

「こんなことをこんなふうに、他人に話したのは生まれて初めてだよ」

それから、申し訳ないけど、もう少し百合香の様子を見ていてくれと言って戻っていった。

和田堀公園

黄色い帽子を被《かぶ》ったたくさんの子供たちがいて、たぶん小学校の一年生だと思う。遠足とか社会見学とかそういうものなんだろう。きゃあきゃあと楽しそうな声を上げながら手を繋《つな》いでなんとなく二列に並んで先生のあとを歩いている。

そうだなぁ、そういえばこうやって動物園とか行ったなぁと思い出していたんだ。全然関係ないんだけど、カメラを構えて何枚か撮ってしまった。

百合香さんはかりんちゃんと手を繋いで、立ち止まって笑顔でやっぱり子供たちを見送っていた。かりんちゃんはちょっと不思議そうな、でもにこにこしながらおにいちゃんおねえちゃんたちが歩いていくのを見ている。遊びたそうな顔。でもたくさんいるのでちょっと不安そうな顔。小学校の子供たちも、かりんちゃんの近くを通った女の子が手を振ったりしてる。きっとああいう子は妹や弟がいるんだろうなって思う。自分より小さい子供に接し慣れている子供。

百合香さんがそれに応《こた》えて、かりんちゃんに「ほら、手を振ってくれてるよ?」と言う。いやたぶん言ってる。かりんちゃんが恥ずかしそうに手を振る。

もちろん、僕はカメラを構えて、シャッターを押していた。

被写体との間の空気感というものを僕は、いやカメラマンだったら感じ取れる。わかると思うんだ。

撮る人間と撮られている人間の間にはかならず何かが、空気感としかいいようのないものが流れている。

もちろんそれはお互いに撮影しているのがわかっている場合のことで、被写体が撮られているのを知らないときには、それはその人の持つ雰囲気というのを空気感という形でカメラマンが感じる。僕はそう思うし、何人かの人も同じようなことを言っていた。そこには確かに何かが存在すると。

だから、写真集なんかを観《み》るとそのカメラマンと被写体との関係を勝手に感じてしまうこともある。その写真に含まれている、映し出されている空気感というものを濃密に感じることがある。ほとんどの場合そういう写真集は素晴らしいものになっている。

変わったと感じていた。

初島さんからメールがあって僕は和田堀公園へ急いだ。すごい親しみやすい公園でなんかあったかい感じ。いかにも作り込まれましたって感じではなくゆるやかな空気が流れている公園。売店なんかもかなりレトロな昭和の雰囲気もある。そういえば小さい頃に行った旭川の公園もこんなんだったなぁと思っていた。

二人はどこにいるのかと園内の案内図を見る。子供の遊具があるあたりかなと見当をつけていってみるとそこに百合香さんの姿が見えて、僕はホッとしていた。同時に、自分の感情にびっくりした。

また会えた。

そう思ってしまったんだ。

見つけた、じゃなくて、会えた。

その気持ちを押し隠すようにして僕はカメラを構えた。百合香さんはかりんちゃんの手を握って、かりんちゃんは何かカラフルな昇って遊ぶような遊具に乗っかっている。

何枚か撮る。

もちろん離れたところからだ。風景を撮っているような顔をして。

また彼女の視線がこっちに向いた。

微笑《ほほえ》んだ。

そのときに感じた。変わったって。僕と彼女の間に漂っていた空気感が、撮られている者と撮っている者の間に流れる、それに。

もうこれは偶然じゃない。

彼女は、百合香さんは僕が後をつけて撮影していることを知っているんだ。そう確信した。百合香さんはかりんちゃんが飽きてしまったのか、ベビーカーに乗ると言ったのを機にしてまた歩き出した。ゆっくりゆっくりベビーカーを押していく。十メートルも離れたところで立ち止まる。

そしてゆっくり振り返った。歩き出す僕を確認するかのように。

僕と彼女の距離は五メートルになっていた。僕がそこまで近づくのを待っていたかのように百合香さんは歩きだした。僕もその距離を保って、歩きだした。

一体何を考えているのか、どう思っているのかというのを考えることを僕はやめてしまった。どうせ考えたってわからないんだ。ファインダー越しに見る百合香さんに、作為的なものは何も感じない。ただ、撮られることを許していた。

だったら、今まで通りだ。僕は彼女の後ろからついていって、撮りつづけるだけだ。

かりんちゃんと何か話している。かりんちゃんが何かを指さしている。

「釣り堀？」

僕は呟《つぶや》いていた。その方向には釣り堀があった。なんとも言えない味わいがある建物だ。釣りをするんだろうか。できるんだろうか。百合香さんはそっちの方向へ歩いていく。中へ入って行った。

釣り堀の池の側《そば》でちょろちょろ動くかりんちゃんを放っておけるはずもないから、百合香さんはかりんちゃんを膝《ひざ》に乗せて釣り糸を垂れようとしていた。餌《えさ》を付けるのも一苦労している。釣りもしないでカメラを抱えて中に入っていった僕は居心地の悪さを感じていて、百合香さんの困っている様子を見て、二人の方に向かっていった。

最初に僕を見たのはかりんちゃんだ。明らかに、知っている人が来た、という表情を見せるかりんちゃんに気づいて、百合香さんも僕を見た。

そして、ちょっと小首を傾《かし》げて困ったような顔を見せて、でも何も言わずにかりんちゃんを抱っこしたまま立ち上がり、竿《さお》をそこに置いて後ろに下がった。

僕も何も言わずに、そこに代わりに座った。

釣りはもちろん小さい頃にやったことがある。父さんに連れられて近所の川に行っていた。百合香さんが置いた竿を手に取り、練り餌《え》を針に付けて糸を垂らした。ずいぶん久しぶりだと思ったら自然に頰がほころんでいた。まさか東京に来て釣りをするとは思わなかった。

「釣れるかなぁ」

百合香さんの声が聞こえてきた。それは僕に向かって言った言葉じゃなくてかりんちゃんとの会話だ。

僕は初めて百合香さんの声を聞いた。

こんな声だったんだ、と思った。特に変わった声というわけでもなく、姿形からイメージされた通りの声。かりんちゃんが「おさかな？　おさかな？」とはしゃいでいる。

二人の視線を感じながら僕は糸を垂れていた。

待っていたのはほんの一分ぐらい。本当に久しぶりに糸の引きを感じて、心の中でおっと思いながら竿を上げた。ぐいっという手応えを感じて、釣り上げたのはごく普通の鮒《ふな》。ばしゃばしゃと身をくねらせる鮒が釣られたのを見て、かりんちゃんが大喜びしているのが後ろから聞こえてきた。「すごーい、釣れたねぇ」と百合香さんはかりんちゃんと一緒に手を叩《たた》く。

そうやって、十五分ぐらい、僕はカメラマンから釣り人と化して、三匹の鮒を釣り上げた。

かりんちゃんが飽きてもう行く、と外へ出て行くまで。

もちろん、一言も言葉を交わさずに。

それから、僕が片づけをして釣り堀の外へ出ると、少し離れたところで二人が立っていて、僕に気づくとまた背中を見せて歩き出した。

僕も、五メートルの距離を保ちながら、後ろを歩き出したんだ。

days 7

学校に寄ってサボった分の進め方を真山と確認してから帰ると玄関に置き手紙があって、〈取材で九州！ 一週間ほどいない〉とヒロの字で書いてあった。書いてある紙が妙にしわしわなので何かと思ったらよく手提げ袋に付いている紙製のヒモをばらして拡《ひろ》げたものだった。

なかなかいい雰囲気だったので、そのメモを廊下の壁に掛けてある畳一枚分もあるコルクボードに貼《は》り付けた。そこにはカレンダーやポラロイド写真やコンサートチケットの半券や雑誌の切り抜きなどいろんなものが適当に貼ってある。適当とは言っても、一応二人の美意識に基づいてレイアウトはされているんだけど。

普段二人で暮らしていると、どっちかが居ない夜はやっぱりどこか気が抜けたようになる。誰かが同じ空間に居る、という感覚が身体《からだ》に染《し》みつくと、それがないと淋《さび》しいような軽くなったような気持ち。一人暮らしを始めたときに初めて味わった感覚だ。

ふぅ、と小さくため息をついてカメラを机の上に置いた。Macの電源を入れて起動音を背中に台所に行ってコーヒーメーカーに水を入れて豆をセットした。もう外は暗くなっていて、コーヒーメーカーのコポコポいう音を聞きながら台所に突っ立って、晩ご飯は何を食べようかなぁと思っていたんだ。

常備しているスパゲティや蕎麦《そば》やインスタントラーメンはある。野菜も一通りはあるし、ご飯も残り物を冷凍したものがご飯茶碗《ちゃわん》二杯分ぐらいはある。うーんと悩んでいるところにメールの着信音が鳴った。富永だった。

〈おでんを持っていくー〉

おでん？　なんでまた。

〈ヒロは取材でいないよ〉

〈りょうかーい〉

今晩のおかずはおでんか。

てっきりコンビニでおでんでも買って一人で食べるのはなんだからと家に来るのかと思ったら、富永は鍋《なべ》を抱えてきた。いや文字通りお鍋を。

「どうしたの？」

「おでんよ」

いや、それはわかるけど。どうして鍋ごとのおでんが。

「お母さんと二人で張り切って作りすぎたの」

昨日のおでんだから味がしみ込んで美味《うま》いよー、と眼を三日月の形にして笑った。

それは美味《おい》しいだろうね。

冷凍ご飯をレンジでチンして冷蔵庫にあったタクアンを出して、ついでにしなびかけていた大根を細い短冊《たんざく》切りにしてかつお節をかけて大根サラダにした。

「大根づくしだ」

「いただきまーす」

火にかけて温め直したおでんの鍋を居間のテーブルに置いて、二人で床に座って差し向いで食べだした。蓋《ふた》を開けるとぶわっと湯気が上がる。今日持ってきたＤＶＤは〈明日に向って撃て！〉だった。名作だっていうのは知ってるけど観《み》たことないので良かった。

「こうやってさ」

「うん」

「ヒロがいないのにご飯っていうのは、初めてかも」

「あ、そうかも」

もちろん二人でどこかに買い物に行ったりすることはあったし、前の部屋で二人きりというのもあったけど、ヒロと暮らしはじめてからこの家で二人でご飯を食べるなんていうのは初めてだ。

「なんだかどっか空気が涼しいね」

富永が糸コンニャクを摑《つか》みながら小さく笑うので頷《うなず》いた。こうやって差し向いで富永の顔を見ていると、本当に中学のころと全然変わっていないのがよくわかる。身長もそれほど伸びていないようだし髪形もあんまり変わっていない。

そう言うと私は化け物か、と言う。

「変わってないわけないでしょ。身長だって伸びてるよ」

「何センチ」

「なんと二十ミリも」

それから中学のときの同級生だった大河原や林の話をしたり、小学校のときの岩村先生の話をしたり、富永と二人きりのときにはよく昔の話をする。

DVDをセットして〈明日に向って撃て!〉を観ながらおでんを食べていた。映画はかなりおもしろくてこれは確かに名画だと二人で感心していた。ラストシーンなんて、思わず二人で深いため息をついてしまったほどだ。実在した二人の強盗の話だというけど、確かに二人の息遣いをすぐそこに感じとれるほどの名シーンだと思った。

「死んじゃうんだよねぇ」

「そうだね」

なんでも銃弾を雨霰《あめあられ》と受けて二人は死んでいったらしいんだけど、最近、そうではなくて自殺したんではないかという説も出てきたそうだと富永は言う。なるほど。

「言ってなかったと思うけど」

「うん」

「私、高校のときに一度死んだんだよね」

富永の突拍子もない言動には慣れているので僕はふーん、と返事をしてタクアンを一切れ口に入れてボリボリと噛《か》みながら富永を見る。

「それは、どういう状況で」

「踏みつぶされたの。大きなゾウに」

「ゾウって、ゾウさんのゾウ?」

「そう。長いお鼻のゾウさん」

それで、とおでんのはんぺんを取って皿の上で半分に切って口に運んだ。

「ゾウに踏みつぶされるなんてこれで私の人生は終わったんだなぁって。ってことは明日からは新しい私なんだって」

まぁきっと何かの比喩《ひゆ》なんだろうから、うーんと唸《うな》って取りあえず頷いておいた。高校時代の友達はあんまりいないって言っていたから、何か辛《つら》いことでもあったのかもしれない。

「それで性格が変わったとか」

「そう思うんならそうかもね」

だからねぇ、と味が滲《し》みてとろとろになっている大根を割った。

「圭司くんの撮ったあの写真は、死ぬ前の私の遺影なの」

「遺影って」

大事にしてるってことだよ、と笑うのでまぁそれならそれでいいかと頷いた。

「ネガは保存してあるよ」

「うん」

富永と一緒に居ると、女なのに女を意識しなくて楽だ。もちろん富永に女性としての魅力がないというわけじゃなくて、小学校の頃を知っているせいだと思う。男も女も関係なく一緒に居た頃の感覚がずっと僕の中に残っている。それはきっと富永も同じだと思う。

「鍋は洗っておいてねー」

終電が無くなる前に帰る、とそそくさと玄関に向かうので鍋は？　と訊《き》くと富永はそう言った。はいはいと頷いておいた。

行船《ぎょうせん》公園

天気の良い日が続いていて、初島さんからのメールには講義もあるだろうから申し訳ない、とあった。もちろん大学でやるべきことはたくさんあるんだけど、自分のやりたいことを最優先させる、というのは父さんからも言われていたことだ。

行船公園には行ったことがなくて、ネットで確認すると小さな動物園もあると書いてあった。じゃあ今日は何よりもまずその動物園だろう。

自然動物園と名前が付いていたそこは思ってたよりもちゃんとした動物園で、レッサーパンダやペンギンやサルや、けっこういろんな動物たちがいた。

「何年ぶりかなぁ」

動物園をこうやって見るのは本当に久しぶりだった。故郷の旭川にある旭山《あさひやま》動物園はすっかり全国的に有名になってしまって、実はなんとなく鼻高々だ。大学の仲間に訊《き》かれていろいろ答えるときは得意満面になっていると思う。

物心ついたときからあそこに通っていたし、遠足や写生会なんかもほとんど必ず旭山動物園だった。中学生のころにはデートコースにもなっていた。もちろん富永と一緒に行ったこともある。二人きりじゃなくて他のクラスメイトも一緒だったりしたこともあったな。

この間、釣りをしたことでまた何かが変わっているかもしれないという予感はあった。

予感じゃないか。そう望んでいたのかもしれない。二人の間に流れる何かが、どこかへ進んでいくという思い。そうなって欲しいという思い。そういうものが僕の中にあったのは確かなんだ。

百合香さんとかりんちゃんは小さな動物と触れ合えるコーナーにいた。うさぎをだっこした百合香さんが、かりんちゃんに頭を撫《な》でさせている。かりんちゃんもうさぎをだっこしようとしているけど、手付きが危なっかしくて百合香さんが支えている。

そういう二人を、遠慮なく写真に撮っていた。

百合香さんが、僕に視線を向けることはなかった。でも、後ろからファインダーで二人の姿を捉《とら》えて最初のシャッターを切った瞬間に、百合香さんが僕の存在を感じているのがわかった。少し横の方に移動して、横顔を狙《ねら》える位置から二人の表情を捉えると、百合香さんのその笑顔がかりんちゃんに向けたものから、撮られてるということを意識した笑顔になっているのは、すぐにわかったんだ。

かりんちゃんの仕草や言葉につい浮かんでしまう母親としての笑顔と、カメラマンである僕に撮られることを意識して浮かべる笑顔。その両方を、僕は逃さずに撮りつづけていた。

自然動物園は平日だけどけっこう人で賑《にぎ》わっていて、その中を二人の後を歩きながら写真を撮るというのはけっこう目立つなと思って、自重した。ゆっくりと歩いていく二人のほとんどすぐ後ろ。思いっきり勢いをつけて跳べば、百合香さんの肩に手を掛けられるぐらいの距離で歩いていた。

何を期待していたわけでもないし、何かをしようと思っていたわけでもない。僕がしなきゃならないことは百合香さんが家に帰るまでを見届けることだし、僕がしたいのは百合香さんとかりんちゃんを写真に撮ることだった。

百合香さんだけでいいんじゃないか？　と自問もした。でもそれはすぐに否定できた。百合香さんだけを撮ることと、かりんちゃんと一緒に居る百合香さんを撮ることはまったく別のことだ。そして、二人でいるところを撮りたいって思っているのは事実だった。

一通り回ると二人は入口へ向かっていった。動物園の入口にはサルとか羊とかの看板が立っていて、顔のところに穴が開いている。子供がそこから顔を出して写真を撮るんだ。僕も小さい頃にどっかの公園だか遊園地で撮ったそんな写真がある。

かりんちゃんが興味を示して、羊の顔のところを覗《のぞ》いていた。

そのときに、百合香さんが、ちょっと困ったような顔をして僕を見たんだ。

撮ってもらってもいい？

ほんの少し口が開いて、すぐ閉じたけど、そう言ったと僕は理解した。頷いて、すぐに僕は看板の前の方に移動してカメラを構えた。百合香さんはかりんちゃんに、何かを言ってその身体《からだ》を支えた。かりんちゃんの可愛《かわい》い顔が看板の穴のところからのぞいて、辺りを見回してからすぐに僕の方を見た。カメラを構えている僕に向かってにっこりと微笑《ほほえ》んだ。

僕は、手を振って、こっちを見てね、と合図をして、シャッターを切った。

撮った写真は貰《もら》えないのかな

彼女が、そう言ったんだ。いや、言ったと理解した。距離を保ちながら、彼女は眼と仕草で僕にそう訊いてきた。

今度、持ってきます

頷いて、僕はそう答えた。言葉は交わさずに。

days 8

「で、ずっとその沈黙のデートをお前は楽しんでいるわけだ」

取材旅行でずっといなかったヒロが六日ぶりに帰ってきた。その間に僕はさらに三回公園に出掛けて、百合香さんとかりんちゃんを撮っていた。

昨日は次大夫堀《じだゆうぼり》公園に出掛けていった。まったく知らなかったのだけど昔の民家なんかが保存されていて、田圃《たんぼ》まであった。小川が流れていて本当に田舎に遊びに行ったような公園だった。

こんなところじゃかりんちゃんは楽しくないだろうなと思っていたけど、そうでもなかったようでずいぶんはしゃいでいた。その辺を歩き回っている鴨《かも》を追いかけたり、どうやらザリガニとかがいるらしい小川で、少し大きいお兄ちゃんたちが何かを採っているのを嬉《うれ》しそうに見つめていたり。子供は遊具なんてなくても遊べるんだなって思っていた。

僕と、二人の距離は五メートルになっていた。その距離で僕は二人の様子をずっと見守って写真を撮っていた。

もう後ろからしか撮ることはほとんどなくて、自由に、僕は二人の写真を撮っている。でも、まさかそういう写真を初島さんに送ることはできなくて、相変わらず後ろ姿のショットや遠くから写したんだなと思われるようなものを選んで送っていたんだ。

そうだ、百合香さんに写真を渡した。

あの動物園でかりんちゃんが羊の看板から顔を出した写真。それと、以前に撮った二人の写真を四枚。

普通のサービス判で現像して持っていった。眼が合ったときに胸のポケットに入れておいた写真を出すと、百合香さんの顔に笑顔が拡《ひろ》がった。そのまま近くにあったベンチ脇《わき》のテーブルにそっと置いて僕は離れた。

彼女はゆっくり近づいてその写真を手に取って、嬉しそうに笑っていた。

あの日から、僕らは何も言葉を交わさずに、会話していた。

彼女は立ち止まって少し振り仰ぐようにして空を見上げる。

今日は暑いわね
僕も同じように空を見上げて、それから頷《うなず》く。
そうだね
彼女は芝生に座ってお弁当を広げて、ふと僕を見る。
あなたはどうするの？
僕も自分で握ってきたおにぎりを手にする。
大丈夫
噴水の横を通ったときに風が吹いて、かりんちゃんと二人で濡《ぬ》れて大騒ぎした。
今の、撮ったの？
僕は微笑んで頷く。
もちろん
珍しく彼女が自動販売機でスポーツドリンクを買った。それも二本。
かりんが飲みたいって言うの。あなたにも

ベンチのテーブルに置かれたそれを僕は手に取る。

ごちそうさま

池のスワンボートにかりんちゃんが乗りたいと言った。彼女は困ったように僕を見る。

頼めるかしら?

僕は微笑んで頷く。

どうぞ。いいですよ

ボートの後ろに乗った二人の会話や笑い声や息遣いや仕草を、僕は背中に感じながらただひたすら足を動かしていた。一度も振り向かずに。一言も会話を交わさずに。

ありがとう

どういたしまして

帰り際《ぎわ》に、そう笑顔だけを交わして。

不安はあった。かりんちゃんも僕の存在をわかっている。ときどき僕の方を見て手を振ったりしてくれている。母親が気を許しているのは子供にも伝わるんだろう。もしかりんちゃんが初島さんに言ったらどうなるんだろう。たとえば「お兄ちゃんに写真を撮ってもらった」とか。それぐらいのことは言えるはずだ。すぐに初島さんは僕のことだとわかるだろう。そうなってしまったらとぼければいいだろうか。それとも。

「好きなのか」

飲みに行くか、とヒロに言われていつもの居酒屋の〈ゆいち〉に来ていた。

「わからないよ」

本当にわからない。

「一言の会話もないんだから」

「会話をしようと思えばできるんだろう」

「そうだね」

確かにそうなんだ。でも彼女から話しかけてこない限りそれはできないだろうなと思っていた。

僕はもう何十枚も彼女の写真を撮っている。その中で百合香さんは笑い、微笑み、何かを見つめ、俯《うつむ》き、話しかけ、唇を引き締め、ベビーカーを押して、手を繋《つな》いで、歩いて、そして僕に微笑みかける。

好きになってしまったんだろうか。それとも単にそういう気になってしまっているだけなんだろうか。

ヒロは、特にツッコんではこなかった。いつも女の話をすると軽い調子で話が続いていくのに。

「もう、止《や》めた方がいいかもな」

「尾行するのを？」

うん、とヒロは頷いた。

「ケイジはさ」

「うん」

「優しいからさ、その人の気持ちの中にすっと入っていってしまうようなところがある。そういうクセがある」

「クセって」

わからなかった。ヒロは少し苦笑いした。くいっと日本酒を一口飲んで、お猪口《ちょこ》をトンと置いて煙草《たばこ》に火を点《つ》けた。

「感応って、いうのかな」

「感応」

「被写体に対してその中に入り込んでいってしまうんだ。自分じゃ意識してないんだろうけど、でもそれはいいカメラマンだったら自然にできることだと俺は思うんだ」

あぁ、と思った。なんとなくわかるような気がする。

「知り合いのカメラマンが言ってたけどさ、女を撮るときにはその瞬間だけ恋をするんだってさ。モデルだろうがその辺のオバサンだろうが、撮りたいと思った瞬間に恋をしちまう。ヌードなんか撮った日にはもう思いっきりその女を抱いている気になって撮る。そういうものだって。もちろん、そのスイッチは撮り終わった瞬間に切れる」

役者とおんなじなんだろうなって続けた。

「その役に入り込んでさ、演技が終わったら素に戻る。そんな感じ」

そうかもしれない。

「ケイジはさ、そのスイッチが無いって言うか」

「無い？」

笑った。

「ずーっと入りっ放しというか、それがあたりまえというか」

「入りっ放しって」

なんだか水が流れっ放しの壊れたトイレみたいじゃないか。こないだ家のトイレがそういうふうになったんだ。

「まぁどっちみち、その旦那《だんな》さんからもういいよって言われる日は来るだろうけどさ」

「うん」

そうなんだ。必ずそういう日は来る。

「そのとき、どうするんだ？」

どうするんだろう。はいわかりましたって言って、それで終わりにできるんだろうか。僕は百合香さんに会えなくなって、もう写真を撮ることもできなくなって、それでいいんだろうか。

「もし今そういうふうに連絡が来たら」

「うん」

「たぶん、がっかりする」

「だろうな」

僕は、もう彼女のすべてをわかってしまったような気がしている。もちろんそれはそんな気がしているだけだけど。

けれどもそれは、たとえば。初島さんから彼女を奪い取りたいという強い気持ちだろうか? 彼女のことを好きになってしまっているんだろうか。

それより、なにより。

彼女は、僕のことをどう思っているんだろうか。

何故《なぜ》、何も言わずに僕が傍にいることを許しているんだろうか。

お母さんが倒れたって電話が入ったのは、その次の日だった。

命に関わることではないから慌《あわ》てなくてもいい。ただ、できれば二人で顔を出してやってくれと父さんは電話で言った。

僕と姉さんはそれでも慌てて準備をして、特に姉さんは仕事がある。なんとなくわかるけどプロジェクトで動いている現場から一人抜けるというのはなかなかに大変なことなんだろう。二、三日休むとなったらその間のことをあれこれ話し合って、準備をしてと。父さんから電話があった翌々日に二人で飛行機に乗った。

東京から旭川への直行便もあるけど本数は少ない。結局新千歳《しんちとせ》空港まで行ってそこからJRで帰ることにした。札幌と旭川の間にはほぼ三十分おきに特急が走っている。電車で一時間ちょっと。飛行機に乗っている時間もまぁそんなものだけど、待ち時間や早めに出る時間を合わせると、東京から故郷の町までは六時間か七時間掛かる。午前中に出なければ病院に着くのは夜になってしまうだろう。

姉さんとは羽田空港のＪＡＬのカウンターの前で待ち合わせた。先に着いていた姉さんが僕の姿を見つけて笑顔になって軽く手を上げた。茶色のコットン地のボストンバッグが足元に置いてある。同じような色の柔らかそうなゆったりとしたパンツにグレイのシャツに淡い黄緑色のカーディガン。

「早かったんだね」

「ちょっとね」

チェックインだけ済ませてしまって、一応お土産を買っていこうとショッピングモールに足を向けた。並んで歩いていると姉さんが小さく笑った。

「なに？」

笑顔のまま僕の顔をチラッと見る。

「なんだか思い出しちゃって」

「なにを？」

「圭司が東京に出てきたときに、一緒にこうやって空港を歩いたことを」

あぁ、と僕も軽く笑った。そういえばそれ以来なんだ。二人でここを歩くなんて。

「あのときもそうだったけど、ほんのちょっとだけ緊張してる」

普段と違うことだから、といたずらっぽく笑って小さく舌を出した。うん、と僕も頷《うなず》いた。あのときは確かに二人とも緊張していた。なんたって初めて「姉さん」「圭司」と呼び合って、ものすごい違和感があったのに二人ともそれを暗黙の了解のうちに黙っていたのだから。

「鞄《かばん》、持つ?」

「大丈夫よ」

甘い物好きの父さんのためにここでしか買えないようなお約束みたいなお菓子を買って、どこかでコーヒーでも飲もうかというと、出発ロビーに入っちゃおうと言う。

「好きなの。飛行機見ながら」

売店でコーヒーと小さな菓子パンを買って二人で窓越しに飛行機が見える席に座った。二人で一緒にコーヒーを飲んで一息ついて、窓の外の飛行機を眺めながら姉さんはポケモンジェットないかなぁなんて言う。そういえば姉さんはピカチュウが好きだった。ゲームとかは全然やらないんだけどぬいぐるみは持っているし、一時期は携帯ストラップもピカチュウだった。

「初めてね」

「何が?」

「二人でこうして、移動と言うか」

「そうか」

まだ実家にいたころ、どこかへ行くのは父さんや母さんが一緒だったし、僕が中学に入るとクラブ活動なんかで家族で動くこともほとんどなくなった。

「一回だけ」

思い出した。

「なに？」

「二人で札幌に行った。僕が中一のときに」

「あ、そうだね」

夏休みだ。札幌にいる叔父の家に二人で遊びに行った。叔父さんは札幌で花屋さんをやっているんだけど、中学生になった僕に社会勉強でバイトをしに来ないかと言ってきたんだ。お小遣い稼ぎになるしいい社会勉強にもなるだろうと父さんも勧めたんだ。

そこに姉さんも一緒に行くことになった。花屋さんというのは魅力的なのでぜひ行きたいと。親戚《しんせき》になったのだから友好を深めるのにもいいかと、その年の夏休みは二人でずっと札幌の叔父の家で過ごしていた。

「楽しかったよね」

「うん」

旭川へ帰る日、札幌のデパートを歩き回って、バイト代を出し合って父さんや母さんにお土産を選んで帰った。父さんにはネクタイ、母さんにはお財布。二人とも今でもそれを使ってる。

「ちょっと、煙草吸ってくる」

姉さんはうん、と頷いてコーヒーを飲む。すぐ近くの喫煙所に入って煙草に火を点けて、姉さんの横顔を見ていた。不謹慎だけど、母さんが倒れなかったらこうして二人で帰ることなんかなかったかもしれないなと思っていた。

寝不足だと言う姉さんは飛行機でほとんど寝ていて、僕は僕で飛行機が大の苦手なのでこれもやっぱり眠っていた。なので二人の会話はほとんどないまま新千歳空港に着いて、お弁当を買ってこんなのもひさしぶりだーと二人ではしゃぎながらJRを乗り継いで旭川の駅に着いた。

駅の改札口を出て、駅前に出たときに姉さんは「あー」と声を上げて、嬉《うれ》しそうに笑った。

「なんだかすっごい久しぶり」

「そうだよね」

市立病院までのバスは何に乗ればいいのかわからなくて、姉さんがいいや、と言ってタクシー乗り場に向かった。

「なんだか」

「なに」

「こうやって、二人で故郷でタクシーに乗るっていうのも、変ね」

そう言って姉さんは笑った。確かに初めての経験だった。この町に二人で一緒にいた頃は小学生と高校生だったからタクシーに乗るなんていうことはなかった。

「この年になってこんな初めての経験をするっていうのも、いいわね」

ちょっと不謹慎だけど、と姉さんはまた微笑《ほほえ》んだ。

「あぁ、着いたのか」

病室に入ると父さんが振り向きながら言った。お母さんもベッドに横になってはいたけど起きていた。思ったより元気そうで、僕も姉さんもホッと息をついた。

でも、こんなに歳《とし》を取っていたっけと思うぐらい、弱々しかった。

「圭司くん、また大きくなった？」

「そんなことないよ」

お母さんは僕のことを圭司くんと呼ぶ。小さい頃怒られるときには圭司！　となったけどそれ以外はいつでも圭司くんだ。姉さんのことは咲実、と呼び捨てにする。

姉さんが、駄目じゃないお父さんに心配掛けちゃ、と優しく微笑みながら言うと、そうねぇごめんねぇとお母さんが笑う。この辺の言葉のニュアンスは実の母子《おやこ》なんだなぁと思う。

「帰ってこないで、親不孝な娘でごめんね」

そう言ってお母さんの手を握って、それから父さんにも微笑みかけた。父さんは頷いて、お母さんの瞳《ひとみ》は少し潤《うる》んでいた。姉さんもほんの少し。

少し心臓が弱っているようだけど深刻な病状ではない、と父さんはロビーで説明してくれた。

「これは母さんにもちゃんと話しているから大丈夫だ」

そう言って僕らにゆっくり頷いてみせた。

「ゆったりとした気持ちと、生活、そして食生活。そういうものに気をつけていれば何の問題もない。心配しなくていい」

どっちみち、親は子供より先にくたばっちまうものだと言って父さんは笑った。どちらかといえば物静かな性格の父さんだけど、そういうことに関してだけは昔からぞんざいに言っていた。なんでもおじいちゃんもそうだったとか昔話していたっけ。

お母さんは念のためにあと二日ほど入院して安静にする。その後は退院して普通の生活に戻って問題ないそうで、じゃあせっかく帰ってきたんだからそれまでは家にいようと姉さんと話した。

「大丈夫なのかな？　仕事は」

父さんが姉さんに言う。

「大丈夫です。一週間は休むってことにしてきたから」

「そうか」

姉さんが高校生のときに新しい父親となった父さん。だから姉さんは少し丁寧な言葉遣いと普段の言葉遣いが混じるように話す。小さい頃はなんだかそれが新鮮で僕はおもしろがっていたのを思いだした。

「もう面会時間も終わる。一緒に帰るか」

三人で病室に顔を出して、また明日来るからと言った。母さんは笑顔で何十年ぶりかの入院を楽しむから心配しないでと言った。三人でエレベーターを降りて清潔そうな広い廊下を歩いていて、そういえば昔、父さんが盲腸で入院したことを思い出した。そのときはまだこの市立病院は古かったはずだ。

「あぁ、そうだったな」

まだお前は幼稚園だったと父さんが言う。それから姉さんに向かって言った。

「こいつはね、真顔で言ったよ。『お父さん、もう死ぬの?』って。もうおかしくておかしくてね。でも笑うと傷口が痛くて痛くて。病室中の人が笑っていたよ」

姉さんもころころ笑う。全然覚えていない。病院を出るともう七時を回っていた。どこかで晩飯を食べるかと父さんが言ったけど、せっかくだから家に帰って、冷蔵庫にあるもので適当に私が作ると姉さんが言った。

「こんなときぐらい、親孝行の真似事《まねごと》をしなきゃ」

父さんはにこっと笑っていた。咲実の手料理なんて久しぶりだなって。

父さんの運転する車の助手席で、僕は携帯を取り出してメールを確認していた。初島さんから入っていた。

〈お母さんの具合はいかがですか。こちらのことは、本当に気にしないでください。ゆっくり親孝行してきてください〉

大丈夫です、ありがとうございますと返信したけど、なんだか変な関係だなぁと考えていた。

東京は、晴れていたはずだ。天気予報でもそう言っていた。ということは、百合香さんはかりんちゃんを連れて公園に出掛けたはずだ。どこの公園に行ったんだろう。僕の姿が見えないことをどういうふうに思っただろうか、心配でもしてくれただろうか。探しただろうか。

家へ向かう懐《なつ》かしい道のりを眺めながら、僕はそんなことを考えていたんだ。ずっと。

仕事を家に持って帰ってきているという父さんが自分の部屋に引っ込んだので、僕と姉さんが洗い物をしていた。そんなのいいわよと言ったけど「こんなときぐらい、姉弟《きょうだい》の真似事を」と僕が言うと笑っていた。それに、洗い物なら僕の方が慣れている。

「ねぇ」

「うん?」

「大丈夫だった?」

「何が?」

訊《き》くと、蛇口を捻《ひね》って水を停めながら姉さんが言う。

「お母さんが倒れたって聞いたとき」

少し言いにくそうにしていた。姉さんにしては珍しい。

「前のお母さんのこともあるし」

「あぁ」

なんだ、そのことか。

「大丈夫。なんでもないよ」

父さんと、お母さんと、姉さんは三人してそれを心配していた。幼かった僕が母さんの突然の死に対してトラウマを抱えなかったか、大丈夫だったかと。それは何となく昔から感じていたんだ。母さんが遺《のこ》した膨大な量の写真なんかもどうしたらいいのかって父さんは悩んだ節もある。

「特に思い出しもしなかったよ」

なら、良かった。そう言って姉さんは微笑んだ。居間に戻ってソファに座って何気なくテレビのスイッチを入れた。何年も離れていた実家だけどこうしてここにいるとそういう動作も何気なくできる。リモコンはいつもの場所にあるし、テレビもソファの配置も何も変わっていない。

テレビでは動物番組をやっていて台所で姉さんはコーヒーメーカーのセットをして居間に来るとよいしょって小さい声を出してソファに座った。その横顔を見たときに、普段思っていたことがふいに口をついて出た。

「姉さん」

「なぁに？」

「お母さんのこと、嫌いなの？」

姉さんは目を丸くして見せて、それから唇をちょっと引いて笑った。

「そんなことを考える歳《とし》になったのか」

「おかげさまで」

頷《うなず》いて、そうねぇと言いテレビに映っていた犬を見て可愛《かわ》い、と呟《つぶや》いた。

「嫌いっていうのとは、少し違うかな」

コーヒーメーカーからコポコポという音が聞こえてきて、姉さんは立って台所に行き、マグカップにコーヒーを注ぐと「お父さんに持っていくね」と言った。一言二言話す声が聞こえてきて、今度は僕の分と二つカップを持って戻ってきてテーブルにことりと置いた。

「たとえばね」

「うん」

「圭司のお母さん、杏子さんはフォトグラファーだった」

「うん」

コーヒーをこくりと一口飲んで、少し上を見上げるようにして姉さんは続けた。

「自分の世界を持っていて、自分の力で生きていける女性だったと思う」

「まぁ、そうだね」

父さんと結婚して僕が産まれて自分の歩むべき道を一時期休んではいたけど、そういう女性だったんだろうと思う。実際、今こうしてカメラマンとして生きようとしている僕の眼からみて母さんの撮った写真には、個性が溢《あふ》れていた。いい写真だと思っている。

「でも、私の母さんは違う。男性に付随しなければ生きていけない女性なの。男性の付属物になって、それで生きていく人」

表現の仕方はともかく、言っていることはわかるから頷いた。

「それが悪いって言うわけじゃないんだ。母さんはそうやって主婦として毎日を暮らして私を育ててくれたし圭司にもきちんと接していた。それはすごく感謝しているし大事なことだと思う」

「そうだね」

「でも」

煙草《たば》貰《こも》っていい？　と言った。普段は吸わないけどときどき貰い煙草をすることは知っている。テーブルの上に置いてあった僕の煙草を取ったときに、あれ？　という顔をした。

「お父さん、煙草やめたのかしら」

「あ」

そういえばテーブルの上に灰皿がない。気づかなかった。探すと見慣れたガラスの大ぶりの灰皿は台所の片隅に置いてあった。

「やめたのかもね」

「そうだね」

ごめんなさーいとおどけるように言って姉さんは煙草に火を点《つ》ける。

「でもね」

姉さんは僕を見る。

「私は、そういう生き方がイヤだったの。あの人と――前の父さんね――別れて私を引き取って自分だけでは生きていけなくて再婚した母親がとてもイヤだった」

もちろん、圭司や父さんがイヤだったわけじゃないからねって笑う。わかってる。

「新しい家族ができたことは、全然オッケーだった。父さんのことも圭司のことも、私は大好き。家族としてこの家で過ごしたのは短い時間だったけど大切なものになっている。でも」

それとは別の次元でと姉さんは少し強く言った。

「母さんの生き方を認めることはできても、同じような生き方はしたくなかった」

そう言ってから、少し照れくさそうに続けた。

「そう思ってたのよ。母さんとあの人が駄目になりそうなことがわかったときから、ずっと。どうしよう、あの人と別れたらどうやって生きよう、何をして私を育てていこう、そうやっておろおろして結局また再婚という道を選んだ母さんと」

何度も言うけど、再婚自体は別にイヤだっていうんじゃなかったからね、と姉さんは念を押す。

「今のお父さんを好きになって、一緒になりたいっていうお母さんの気持ちはわかる。お父さんはいい人だし、圭司だって可愛かったし、ナカナカいい男になってきたし」

「それはどうも」

二人で笑った。仲が悪いんじゃなくて、嫌いなんじゃなくて、生き方の問題。親のような人生は送りたくないという気持ち。子供としてありがたくは思っていても、その生き方は認められないという微妙な感情。姉さんのそういうものを僕は感じていたのか。

姉さんは煙草をもみ消して、ふぅ、とため息をついてから背伸びをするようにしてソファの背に凭《もた》れた。

「圭司とこんな話をしちゃうのかぁ。歳を取ったんだなぁ」

「僕はまだ若いよ」

どうせおばさんになってきました、と姉さんがふくれたところに、父さんが部屋から出てきた。

「なんだ、姉弟喧嘩《げんか》か」

笑いながら僕の正面の椅子《いす》に腰を下ろして、僕の煙草にいいか？　と手を伸ばした。

「やめたんじゃなかったの？」

「どうしてだ？」

「灰皿がなかったから」

「あぁ」

一本くわえて火を点けながら頷く。

「裕子さんの具合が悪かったからな。ここでは吸わないようにしていたんだ」

テレビではニュース番組が流れていた。そういえば父さんはあのニュースキャスターに似ているとよく言われていた。姉さんもこの家に来た頃に僕に言っていたっけ。

「まぁ、あれだ」

「なに」

「良かった」

「何が」

「二人が元気にしてるのを見られて」

姉さんが微笑《ほほえ》んで父さんにぺこりと頭を下げた。それから、仕事の話をぽつぽつとしはじめた。建築設計士とインダストリアル・デザイナー。同じような方向性を持っているから話の内容がまるで嚙《か》み合わないということがない。むしろ二人とも楽しみながら話をしていた。僕だって一応建築工学を勉強する大学生だ。姉さんがおみやげに買ってきたお菓子を食べながら、コーヒーを飲みながら、なんだかゆっくりゆっくり時間が流れていった。

父さんは酒を飲まない。お母さんは前の旦那《だんな》さんが飲む人だったので、それもものすごくて酒癖も少々悪かったので「助かるわぁ」と前に言っていたっけ。

そうか、姉さんが酒に強いのは前のお父さんの血なのかなと今さら気づいて一人でほくそ笑んだ。

「父さんはさ」

「うん」

「なんでお母さんと結婚したの?」

父さんは目を丸くして見せた。

「なんだ、いきなりだな」

「あ、でも私も聞きたいな。その話」

姉さんが嬉《うれ》しそうな顔をすると父さんはまいったなぁと腕を組んだ。

「裕子さんから何も聞いてないのか」

「そういえば、詳しくは聞いてないんです」

そうか、と父さんは腕を解《ほど》いて頭を掻《か》く。元々は別々の夫婦生活をしていた二人。父さんは死別だけどお母さんは離婚だ。そして、まだお母さんが離婚する前に父さんは知り合っていたということだけは聞いていた。その話を聞いたときはまだそんなことに全然興味がなかったから、詳しく訊くこともなかった。

父さんは、人妻を好きになったんだろうか。

「何年になるのかな」

父さんはそう言ってまた僕の煙草に手を伸ばした。

「十年ですよ」

姉さんが言うと、ほぉ、と声を上げた。

「そうか。そんなになるのか」

そういうのには無頓着《むとんちゃく》な人なんだ。

「お前は覚えてないだろうけどな」

「なに」

「裕子さんと初めて会ったとき、お前もいたんだよ」

「そうなの？」

姉さんと顔を見合わせてしまった。

「咲実はいなかったよ。いや、いたんだけど、いなかった」

旭山動物園で会ったんだよ、と父さんは続けた。母さんが死んだ翌年というから僕は小学校の三年生だ。まだ旭山動物園がこんな全国的に知られる前。

幼い僕が母親を亡《な》くしてしまったということで、父さんは必死だったと言った。子供に対して器用な人ではないし、いわゆる情操教育などというものもどうしていいかわからない。残された僕をきちんと子供らしい子供にしなければならないだろうという思いで、父さんは僕をよく動物園に連れだしたと言った。

とりあえず動物園。笑っちゃうけど父さんらしい。旭山動物園には遊園地もあるので子供だったら一日居ても飽きないだろうと思ってたらしい。僕も記憶にあるけど確かに休みの度に動物園には行っていた。ただ三年生ともなると正直飽きてくる。いつまでも「ゾウさんおサルさんキリンさん」と喜んでいる年齢じゃないだろう。

「帽子を飛ばしてしまってね」

「誰が」

「父さんがだよ」

僕は一人でジェットコースターに乗っていたらしい。父さんは近くのベンチで座って待っていた。突風が吹いて帽子が飛ばされて、それを拾ってくれたのがお母さんだったと言った。

それを聞いた僕と姉さんは同時に声を上げた。

「覚えてる」

「なに?」

僕と姉さんは顔を見合わせて、姉さんがまず話しだした。

「私も一緒に行ってたの。中学生のときよね」

「そうだな」

「スケッチをしに動物園に行ったの。お母さんと」

中学校で美術部に入っていた姉さんはその頃動物を描くのに凝っていて、その日も象を描くために動物園に行ったそうだ。もちろん一人でも行けるのだけど、たまには、とお母さんも一緒に行った。前のお父さんとはその頃既に険悪な状態になっていたので一緒には来なかった。

「私がスケッチしている間、お母さんは一人であちこち回っていたのよね」

「そう言っていたな」

「私はお腹《なか》が空《す》いたなと思って、ひと休みしてお母さんを探しに歩いていたら、ベンチに誰かと座ってるのを見つけて誰だろうって。なんだか楽しそうに話しているから」

「そうか、見ていたのか」

「僕もだよ」

そうだ、僕も父さんが女の人とベンチに座っているのを見た。二回連続でジェットコースターに乗って、父さんが待っているかと思って降りたら父さんがそうやっているのが見えた。誰か友達にでも会ったんだろうって思って、だったらもう二、三回乗ってからにしようって思ったんだ。

「何を話していたの？」

帽子を拾ってもらっただけなら、ベンチに座るまでもないだろう。そう訊《き》くと父さんは苦笑した。

「ナンパしたんだ」

「ナンパぁ？」

「暑い日でな。裕子さんは汗をかいていた。そこのベンチは木陰で気持ちよい風が吹き抜けるところでな。暑いですね、よろしければどうぞって、勧めたんだよ」

「へぇ」

「冷たい麦茶もあったしな」

そうだ。どこかに出掛けるときには必ず麦茶を水筒に詰めて持っていっていた。

「じゃあ、それから始まったんですか？」

「それからというか」

これは偶然なんだけど世間話をしているうちに同じ小中学校の出身だとわかった。

妻を亡くしてしまって男手一つで僕を育てるのは大変だとか、そういう話までした。

「今思えば、何かを感じたんだろうな。家も昔住んでいたところのすぐ近くだった」

次に会ったのは偶然ではなく、仕事でその近所に行ったときにこの辺かと父さんが探したそうだ。何か子供のことでお困りのときには遠慮なくと言われたので、遠慮なく電話して相談をした。

「でも、まだお母さんは離婚してなかったんだよね」

「そうだな」

「その頃はもう半分離婚しているようなものだったわ」

姉さんが言った。

「あの人は」

姉さんは、前のお父さんのことを〈あの人〉と呼ぶ。

「ろくに家に帰ってくることもなかった。別れちゃえばいいのにって私も言ってた頃」

「そうなんだ」

父さんは静かに頷《うなず》いた。

「褒められたことではないけどな。そういうことにも、父さんは相談に乗っていた」

どこに魅《ひ》かれたんだろう。裕子さんは母さんとは正反対の人だ。ずっと思っていた。

同じ女の人でもこんなに違うんだなって。活発で明るくてエネルギッシュだった母さん。穏やかで控えめで大人しい裕子さん。そう言うと父さんも首を捻《ひね》った。

「だからといって、杏子みたいな女性に嫌気が差してたってわけじゃないぞ」

「わかってるよ」

三人で笑った。

「理屈じゃなく、呼び合ったのかもしれないな」

「呼び合った」

照れくさそうにする。そんな顔を見るのは初めてかもしれない。

「どう言ったらいいか、わからないが。そんな感じだ。一目惚《ぼ》れとかそんなんじゃない。そもそも好きになったのかどうかもわからない」

「それは？」

姉さんだ。どういう意味ですかって訊く。

「誰かのために生きるためには、その誰かさんが必要なんだろうな。二人ともそういう人を求めていたのかもしれない。それは、単に好きとか恋とか愛なんていう言葉じゃ括《くく》られないものだろう」

そう思うようになった。父さんはそう言って、照れたような顔をする。

そんな言葉を、単語を、父さんの口から聞いたのは初めてだった。もちろん普段あまり人前で言うような単語じゃないけど。それでも。少し驚いていた。

誰かのために生きる。

自分のためにじゃなく？

なんだか嬉しくて変なことを喋《しゃべ》ったな。そう言って笑いながら父さんは、姉さんが買ってきたお菓子を三つ四つ持って、また部屋に戻っていった。

姉さんは、なんだか夜が長いね、と言って茶箪笥《ちゃだんす》をごそごそと探して何かを取り出した。

「やっぱりあった」

ウィスキーの瓶だ。お酒は飲まないけど来客のときとかのために用意はしてある。けれどもやっぱり飲まない人の前でぐいぐい飲むような客は少なくて、長い間ずっと残っていることが多い。

「軽く、飲もうよ」

「うん」

姉さんが作ってくれた水割りは少し薄めで、ちびちびと嘗《な》めながら二人でぼんやりテレビを観《み》ていた。全然気づかなかったけど、テレビの台の中にあったはずのビデオがなくなっていてDVDレコーダーがあった。いつの間に買ったんだーと姉さんと二人で覗《のぞ》き込んであれこれいじってみた。古い洋画を録画したDVDがけっこう並んでいて、こんなのを二人で観ているんだねと姉さんが笑った。

「ねぇ、これ観ていい？」

姉さんがセットしたのは〈ベルリン・天使の詩《うた》〉という映画でタイトルは知っていたけど観たことはない。出ている俳優で顔がわかったのは刑事コロンボぐらいだったけど、静かな緊張感のある内容にどんどん僕は引き込まれていって真剣に画面を見つめていた。

十二時ごろに父さんがもう寝るぞ、と言いに来て、僕と姉さんは「はーい」とテレビを観ながら返事をしてそれから一時間もしない内に映画は終わった。エンドロールを眺めながら僕と姉さんはそれぞれに小さなため息をついて、顔を見合わせた。

「意外とおもしろかった」

「うん」

いいなーベルリン行ってみたいなぁと言いながら姉さんは空になっていたグラスを手に取ってもう一杯飲もうかどうか迷ったような仕草をした。それから、ちょっと笑って、グラスを見たまま、ねぇ、と僕を呼んだ。

「なに？」

「どうしてあんなこと訊いたの？」

「あんなこと？」

「なんで結婚したのかって」

「あぁ」

頷いて、それからまたうん、と一人で言いながら頷いて、迷った。グラスに残ったほとんど水になっている液体をぐっと飲み干した。ウィスキーの香りしかしなかった。

「わからないことがあって」

「わからない？」

百合香さんのことを僕は姉さんに話しはじめた。もちろん姉さんは僕が公園に出掛けて家族の写真を撮っていることは知ってる。どうしてそんなことになってしまったのか。今僕がどう思っているのか。ほとんど何も隠さないで姉さんに話してしまった。

姉さんはじっと僕を見ながら、話を聞いていた。ときどき頷きながら、一言も口を挟まないで聞いていた。

「圭司は、その百合香さんを好きになったの？」

「わからない」

本当にわからない。

「でも、そうかもしれない」

「美優ちゃんは？」

富永？

「美優ちゃんは、彼女にならないの？」

「うーん」

唸《うな》るしかなかった。

「あんなにいい子なのに」

どういう基準でいい子と言ってるのかよくわからないんだけど。僕の感覚では富永は変わってる子だ。

「まぁいいんだけど」

また僕の煙草《たばこ》を手に取った。

「怒ってるの？」

「別に」

いや、怒ってると思った。姉さんは怒るとすぐに唇の端が上がるんだ。なんで怒るんだろう。

「怒ってはいないけど、なんか、ちょっとね」

「ちょっと？」

「可愛《かわい》い弟が人妻に弄《もてあそ》ばれているかと思うと、しかも私より年下の人妻ってどうよって」

「弄ばれてるって」

　まぁそういうふうに判断することもできないことはないだろうけど。姉さんは二回、三回と煙草を吹かして、それからうーん、と唸って首を傾《かし》げた。唇が元に戻っているからプチ怒りは静まったのかもしれない。首を傾げたまましばらく何も言わずに何かを考えていた。考えながら黙って台所にある何かを指さした。コーヒーメーカー？　コーヒーを淹《い》れてということなんだろう。素直な弟である僕は何も言わずに立ち上がった。

コーヒーメーカーをセットしながらそういえば実家でコーヒーを自分で淹れるのは初めてじゃないかなぁと思った。そうだ初めてだ。

　今回は何もかも初めて尽くしだと考えて一人でにやついていた。初めて姉さんと飛行機に乗ったりタクシーに乗ったり、お母さんの弱々しい姿を見たり病院の廊下を三人で歩いたり、父さんと女性について話をしたり。

そういうことが、増えていくんだろうか。

僕はまだひよっこの大学生で社会の荒波も人の汚さも世の中の非情さも知らない。そういうものは別に知らないで過ごせたらそれでもいいのだろうけど、そういうわけにもいかないんだろう。これから、不謹慎だけどたとえばお母さんが死んだり父さんが死んだり、姉さんが結婚したり離婚したり、あるいは甥《おい》っ子ができたり。そして、自分に恋人ができたり。ひょっとしたらサラ金に金を借りたり事故を起こしたり家が火事になったり。

ひよっこの大学生の日常とは違うものがどんどん多くなっていって、それもまた日常の中に組み込まれていって〈日常〉の幅が拡《ひろ》がっていくんだろうか。高校生のときに飲みに行くことが日常だなんて思えなかったように。

コーヒーを持っていっても姉さんはただ頷いただけでそれを一口二口飲んで、それでもまだずっと何かを考えていた。天井を見上げたり、煙草を吹かしたり、ソファに足を上げて組んだり。

僕は煙草を吸ったり新聞を拡げてニュースを読んだりコーヒーを飲んだりして待っていた。きっと何かを姉さんは言いたいんだろう。どう言えばいいのかそれをずっと考えているんだ。

「なんだっけ」

「なにが？」

「名前、百合香さん？」

「そう」

うん、と小さく呟《つぶや》いて姉さんは僕を見た。

「その百合香さんは、どうして公園に行ってるのかなって、疑問に思ったのよね？

圭司は」

「うん」

思った。答えが出るもんじゃないから、子育ての大変さを紛らわせるための楽しみという初島さんの言ったことをそのまま受け止めていた。

「私もそう思う」

「え？　なにが？」

「百合香さんが、公園に出掛けるのには理由がある。それは決して子育てのせいでノイローゼにならないようにとかっていうことじゃない。何か別の理由があると思う」

どんな理由？　って訊《き》いたけどそれに答えないで姉さんは続けた。

「そして、百合香さんが圭司のことに気づいて、それを黙って受け入れているのも、その理由と繫《つな》がっていると思う」

わからなかった。それは何なんだろう。姉さんは、ちょっとため息をついて肩を落とした。それから、微笑《ほほえ》んだ。

「考えてみて。たぶん私の想像はあっていると思うんだけど、これはやっぱり圭司自身が気づくべきことだと思う。その結果どんなことになっても、私は圭司が出した結論を支持するし、応援する」

うん、と頷いて姉さんはソファの背に凭《もた》れた。

「公園かぁ」

そう呟くと、笑った。

「なに？」

「私ね」

「うん」

「圭司を初めて見たのが、公園だった。そこの」

「そうなの？」

まだ父さんと母さんが結婚する前。事前に相談を受けた姉さんは、一人でこっそりこの家を見に来たと言った。

「写真は見せてもらっていたの。それで、そこの公園でサッカーしている圭司を見つけた」

「あ」

何の前触れもなくそのシーンが浮かんできた。家のすぐ近くにある公園だ。小学校の頃はよくそこで同級生達とサッカーをやっていた。

「楽しそうにボールを蹴《け》ってた。柔らかそうな髪の毛が汗でおでこに張り付いていて、元気に走り回っていて、あぁあの子だぁ、あの子が私の弟になるんだと思って」

「覚えてるよ」

ウソ！　と姉さんは驚いた。

「誰かが、あの人が圭司をじっと見てたぞって。え、と思って見ると女の人がちょうど歩き出すところだった」

そうだ。その後に家で会ったときにひょっとしたらって思ったんだ。今の今まで忘れていた。

そうだったんだぁと二人で何故《なぜ》か感心していた。

「どう思った？」

「なにが?」

「公園で僕を見て」

姉さんは微笑んだ。

「嬉《うれ》しかったよ? 元気な男の子だなとか思って。昔から兄弟が欲しかったから」

何て言っていいかわからなくて、それは良かった、と言って二人で笑った。

「圭司はどうだった? 最初に私に会ったとき、どう思った?」

どうだったろう。

「えーと」

「うん」

ニコニコして僕を見ていた姉さん。

「優しそう、かな? 優しそうなお姉さんだな、と」

「きれいなオネエサンだなって思ったとか」

それはノーコメントにしておこうと言うと、また笑った。

days 9

四日経《た》って東京に帰ってきたその日は雨が降っていた。傘がなかったので姉さんが安い折り畳み傘を買ってくれて、じゃあね、またねと手を振って別れた。後ろ姿を見送ったんだけど、もう姉さんの気配は慣れた東京の姉さんになっていた。そういう空気を纏《まと》っていた。明日からまた仕事だ、と。僕の姉ではなくて社会人としての空気を。

午後六時近くになって家に帰ると玄関にヒロの置き手紙があって〈今日の夜に富永が来る〉と書いてあった。

「置き手紙が好きだね」

たぶん近所のスーパーからもらってきた輸入物のキーウィの段ボール箱。そのロゴマークのところを切り取って使っていた。その置き手紙をコルクボードに少し斜めになるように貼《は》り付けた。

お腹《なか》が空《す》いていたけど、富永が来ると言う。夜って何時なんだ？　と思ってメールを入れた。

〈何時に来るの？〉

ついでにヒロにも。

〈帰ったけど、晩ご飯は？〉

なんだかお母さんみたいだなって思って苦笑した。それからさらに思いついて初島さんにもメールした。

〈帰ってきました。また、始められます〉

いつまで続けるんだろうと思いながら、また百合香さんに会えるだろうかと考えながら。送信完了の文字を見て携帯を充電器にセットして、ベッドに寝転がった。会いたい。

僕は確かに、百合香さんに会いたいって思っていた。

でもそれは、好きだってことなんだろうか。もしそうならそれはたとえば富永やあるいは同じ学校の同級生や、つまり独身の女性と付き合うっていうのとは比較にならないことなんだ。

彼女は人妻だ。子供もいる。付き合うという言葉の重みが違うと、考えていた。もちろん、人を好きになるってことは、そんなことを考えながら好きになるんじゃないって誰かなら言うだろう。人妻だろうが子持ちだろうが一緒になりたいと思ったのならそれもひっくるめて全部受け入れることだ。もしお互いにそう思ったのなら、旦那《だんな》さんと戦うことだって世間の非難から彼女を守ることだって、覚悟しなきゃならないだろう。

あくまでも、二人がそう思ったのならだけど。

三人にメールを送ったのにまだ誰からも返ってこない。ベッドに起き上がって机の上に置いた煙草を取って火を点《つ》けた。窓の外はもう暗くなってきてる。お腹が空いた。煙草の煙が部屋の中に流れていく。窓を開けてこもっていた空気と一緒に掻《か》き回す。

誰かのために生きること。

父さんはそう言った。

そんなこと、考えたこともなかった。自分がどう生きるのかを考えることだって大変なのに、誰かのために生きるなんてことを考えられるんだろうか。でも、もし僕が百合香さんを好きなら、彼女を手に入れたいと思ったのなら、それはそういうことなんだ。

彼女のために生きる。

それは、どういうことなんだ。

メールの着信音が三回続けて鳴った。

〈今から行くー。晩ご飯を買っていくから寝てていいよー〉

〈もうすぐ帰る。あと十五分〉

〈お疲れさまでした。また後からメールします。とり急ぎ〉

うん、と一人で頷《うなず》いてまた煙草《たばこ》を吹かす。そんなこと、考えてる場合じゃない。僕は百合香さんを好きになっているのかもしれない。でも、百合香さんが何を考えているのか何もわかってないんだ。

それを確かめるのか、確かめないのか。

そっちの方が先決じゃないか。そう思って苦笑いした。

ただいまーというユニゾンの声で目が覚めた。居眠りしちゃったんだと思って、ヒロと富永が一緒に来たのかと気づいて、あの二人はデートでもしてたんだろうかと。

空けっ放しのドアのところからヒロが顔を出して、寝てたのかと声を掛けてきた。

「ちょっと」

「富永ちゃんがメシ買ってきてくれたぞ」

「一緒だったの?」

駅で一緒になった、と言った。台所に行くと富永は買い物袋からいろいろと出してきていて、よく見ると総菜とかそういうものだった。何か作ってくれるのかと思ったら。

「出来合いを買ってきたんだ」

そう言うと、ばかにすんでねー、と怒った。

「このメンチカツを食べてからもう一回そのセリフを言ってみて」

「そうか」

「お母さん、どうだったの？」

「あぁ、大丈夫。全然平気みたいだった」

「良かったね」

メンチカツと中華サラダとお漬物。富永はそれに味噌汁《みそしる》を手早くちゃっちゃっと作ってくれてその手際《てぎわ》の良さに僕は感心して、そう言えばもう何十回も一緒にご飯を食べているけど、富永が何かを作るのを見るのは初めてだった。

ご飯も炊《た》けて居間のテーブルに並べられたものにいただきますと三人で手を合わせて食べだした。富永の作ったお味噌汁には人参《にんじん》、じゃがいも、つみれもはいっていてショウガが効いていて美味《おい》しかった。

「旨《うま》い」

言うと富永はへへぇと笑った。ヒロも感心していてこんな才能があったとはと舌を巻いていた。

「小学生のころからお母さんを手伝っているからね」

「なるほど」

それから僕と富永が同じ学校に通っている頃の話をしていて、そういえばその頃の話は聞いていないとヒロが言った。

「可憐《かれん》だったよ」

だったのかい、と富永がツッコんで、確かに今は可憐とは言い難いとヒロは同意してくれた。

「だって、ほら。状況はよく覚えていないんだけど、誰かが校庭でアリを踏んづけているのを見て耳を塞《ふさ》いで泣いていた」

「なんで耳を塞ぐんだ」

「アリさんが潰《つぶ》れる音が聞こえる、聞きたくないやめてって言って泣いてた」

それは、とヒロが感心した。

「確かに可憐という表現ができるかもしれんな」

人はこうも違った形に成長するもんなんだなと言うと、富永はぶーたれていた。メンチカツは確かに美味で、こんなにあっさりしてなおかつ肉の旨みを感じられるっていうのはすごいと僕もヒロも絶賛した。なんでも近所の肉屋さんに売っているもので、毎日すぐに売り切れるから手に入れるのは至難の業なんだそうだ。

食後のおやつはヒロが買ってきた銘英堂の大福で、それならばまずは日本茶だろうとヒロが急須《きゅうす》を出して淹《い》れてくれた。今日は僕は疲れているだろうから何もしなくていいということだった。

「お姉さんは？」

「帰ったよ」

「何かあった？　向こうで」

「何かって？」

僕が訊《き》くと、じっと僕を凝視して、ふーんそう、と富永は言う。何がそうなんだ。その口調と表情が何か言いたげだったので、何か用事があった？　と訊くと別に、と答えた。それから三枚ＤＶＤを持ってきたので今夜は寝かさないわ、と言うのでそれは矛盾してるだろうと。

「僕の疲労回復のためにご飯を作ってくれたんじゃないの？」

「それはそれ、これはこれ」

そう言えば実家で姉さんと二人で〈ベルリン・天使の詩《うた》〉を観《み》たというと、へぇと頷く。

「私もあれ、好きだな」

ヒロが観てないので今度借りてこようと言った。富永がＤＶＤをセットしたのでヒロがじゃあなんか飲むかと立ち上がったところで、富永が、ねぇ、と僕らを呼んだ。

「なに」

「爆弾発言していい？」

「それは楽しみだ」

僕とヒロは顔を見合わせて笑った。

富永はスタートボタンを押すとくるりと振り向いて言った。

「圭司くんのお姉さん」

「姉さん？」

さては姉さんに恋人でもできたんだろうかと思ったら違った。

「圭司くんのこと、愛してる」

始まった映画は〈Lost in Translation〉だった。ヒロがタイトルを呟《つぶや》いてから顔を顰《しか》めて言った。

「確かに通訳が必要だな」

「そのまんまの意味。別に深い隠喩《いんゆ》なんかないよ」

姉さんが？　僕のことを？

「そんなに変な顔をしなくたって」

「だって」

僕と姉さんは、姉弟だ。

「血は繋《つな》がってないただの他人だもの。問題はないでしょ？」

「それは、お姉さんが言ったのか？　そういうふうに」

もちろんヒロだって姉さんがどういう人かはわかってる。何度も会っているんだから。

「言わなくても、わかる。女同士なんだし。いつどこでどういうふうにそうなってしまったのかわからないけど、咲実さんは圭司くんを愛してる。でも、それではダメだと自分に言い聞かせている」

「ダメ？」

ぷい、と富永は後ろを向いてテレビの方に向かってしまった。画面に集中しはじめて、そうなるともうそれこそダメだ。何を言っても「黙って!」と怒られる。僕とヒロは顔を見合わせて、ヒロは肩を竦《すく》めて台所に行った。何か飲物を持ってくるんだろう。

僕は富永の背中とテレビの両方を見比べながら、考えていた。姉さんが僕を? ありえないありえないと考えているうちに僕も映画に引き込まれてずっと観ていた。偶然なのかなんなのか、言ってみれば恋物語の映画だ。エンドロールが終わるまで富永はずっと集中していて、終わったところでため息をついた。

「いいねー、これ」

「いいな」

「うん、おもしろかった」

三人の映画に関する趣味は割りと一致するんだ。同じ感想を持てる人と一緒に映画を観ることがいちばん楽しいと言う富永だから、よくこの家に来るのかもしれない。

「そう、偶然だけど、そうなの」

頷きながら富永が言った。

「何が」

「今の映画みたいに、ダメだって思ってるの。咲実さんは」

話が戻ったみたいだ。

「圭司くんを愛しているの。でも、それではダメなの。弟として出会ってしまった圭司くんを愛して一緒に人生を生きていくことはできない。だから、もう咲実さんはスパッとあきらめたと言うか、切り替えた。この先どんなことがあっても、圭司くんのことを弟として一生見守っていって、そして圭司くんではない他の人に出会って愛することを自分に課したの。もしそういう人が現われなかったら、圭司くんへの思いを胸に秘めたまま一人で生きていく」

真剣な表情で富永はそう言う。絶対にそうだ、と断定する。

「そうなんだから、そうだと頷きなさい。そして圭司くんは咲実さんのその気持ちをしっかりと抱えて、そういう思いに感謝して生きていくの。生きなさい」

なんかのドラマの主人公みたいなセリフを吐いて、それとおんなじ決めのポーズをして富永は僕を見た。

「じゃあ、あれか。お姉さんが富永とケイジを結びつけようとしているのもその延長線上にあるのか」

ヒロが訊いた。

「そうかもね」

「どうしてケイジじゃダメなんだ。法的にも道義的にも問題は何もないだろう。まぁケイジがお姉さんを恋愛対象に見るかどうかの問題はあるけど、当たって砕けたっていいだろうに」

姉弟としてのいい関係が壊れるのがイヤなのかって続けて訊いた。富永は、くいっと首を傾《かし》げた。

「そんなことを怖がる人じゃないよ咲実さんは。そしてそんなので壊れるような関係じゃないでしょ、二人は」

富永が僕を見る。ヒロもつられて見た。考えてみた。姉さんが僕に愛の告白をする。僕は姉さんとは恋愛できないと答える。それで二人の関係はどうなるんだろう。

「まぁ、何かしらのものは残っちゃうだろうけど、その後もいい関係でいようと努力すると思うよ。たぶん」

「だよな」

「想像だけど、女のカンだけど」

「女を捨てたいんじゃなかったのか」

「それは別の話」

ちゃちゃ入れないでってヒロに怒る。

「咲実さんの中では弟は守るべきものなのよ。圭司くんはもう守ってあげなきゃならない存在なの。そういう男の人をこの先の人生のパートナーにはできないっていう考えなんじゃないかなと思う」

ヒロは首を傾げてうーむと唸《うな》った。僕も自分のことを言われているんだけどとりあえず一般論として考えてうーむと唸った。

「ちょっとわからんかな、それは。理屈としてはわかるけど。つまり俗に言う出会い方が悪かったというパターンなのか」

富永が似てるけどちょっと違うかな、と言う。それでまたヒロも僕もうーんと唸ってしまって富永が二本目の映画をセットしてそれは〈父と暮せば〉だった。

姉さんが、僕を。

懐《なつ》かしい雰囲気のある画面を眺めながら僕は考えていた。富永の言うことを全面的に信じるわけじゃないけど、そういうことを軽々しく言う女じゃないっていうのはわかってるから、決して勘違いとかじゃないんだろうと思う。多かれ少なかれ姉さんの中にそういう感情があるんだ。

姉さんのことを嫌いじゃない。女性として考えてもとてもいい人だと思う。だから、そう表現してしまえば僕は姉さんのことを好きなんだろう。実の姉弟だったらそれは本当に〈好き〉というだけのことだ。そこでストップしてしまう。

でも僕と姉さんは元々は赤の他人だ。男と女として愛し合うことには何の障害もない。もし本当にそうなってしまったら、父さんやお母さんはどう思うだろうか。驚くだろうな。悲しんだり反対したりはしないように思う。むしろ喜ぶかもしれない。

富永の後頭部を見ていた。

富永は何故《なぜ》これを僕に告げたんだろう。

言わなくてもいいことだ。そう思ったとしても、ずっと胸の中にしまっておけたはずだ。それをどうして、爆弾発言としてここで言ったんだろう。年数で言えばもう十何年も知り合いなんだけど本当に何を考えてるのかわからない。

僕に、どうしろと言うんだろう。そうか、それを抱えて生きていけってさっき言ったっけ。

そんなこと言われても。

「富永」

「なに？」

こっちを見ない。

「なんで、爆弾発言が今日だったの？」

「チャンスだと思ったのに不発だったから」

「不発？」

画面から目を離さないで答える。

「旭川でどうにかなってくれるかなぁと思ったのにどうにもならなかったから」

そこで突然DVDをポーズにしてくるりと振り向いてずいっと僕に向かってきた。

「私のカンでは絶対にこのタイミングで二人はどうにかなるはずだったのに、どうにもならなかったのは何故なの？」

「何故って」

わかるもんかそんなの。

「お姉さんがそう決めていたとしても、弟として見守っていくと決めていたとしても、状況さえ整えばそんなものはまるで雪のように一瞬にして融《と》けるのよ。きっと一緒に旭川へ帰るって決まったときに、ちらっとでもお姉さんはそんなようなことを考えたはずなの。初めての二人きりでの旅行でしょ？　絶対考えていた。だから、私はチャンスだっ！　これできっと二人は結ばれるっ！　と思っていたのに、どうして？」

僕が富永の迫力に押されて何も答えられないでいると、その様子を見ていたヒロがポン、と手を打った。

「ケイジ」

「なに」

「オマエ、ひょっとしてお姉さんにあの人妻の相談をしたんじゃないのか？　それでお姉さんはきっかけを失ったんじゃないか？」

「人妻ぁ？」

富永の眼が吊《っ》り上がった。

days 10

初島さんからのメールが来なかった。旭川から帰ってきて一週間が過ぎたけど、その間に晴れた日はあったのにメールが来ない。どうしようと思っていた。別にお母さんが死んだわけでもないから初島さんが気を使っているとは思えないし、単純に百合香さんが公園に行ってないっていうだけのことなんだろうか。それとも何か変化があったんだろうか。帰ってきたというメールは出したんだから、それ以上のことをこっちからメールするのは、なんか違うだろうな。

なんてことをぐるぐる頭の中で考えながら、それまでのように学校とバイトのいつもの日々を過ごしていた。

公園に写真を撮りには行ってなかった。行けなかった。

僕は百合香さんを撮りたかったんだ。百合香さんに会いたかったんだ。

もちろんそんなことばかりを考えて過ごしていたわけじゃなくて、僕にだって他に興味のあるものはある。テレビだって映画だって漫画だって学校の課題だってあるし、ヒロや富永以外の友達とのつきあいだってある。

その中で、ずっと考えていた。

姉さんの言ったこと。

富永の言ったこと。

百合香さんが公園に出掛ける理由。

姉さんが僕を愛している。

どうして姉さんも富永も確かめたわけでもないのにあんなに確信を持って言えるんだろう。それが女性っていうものなんだろうか。


金曜日の夜。〈クエル〉は珍しく閑古鳥状態で十一時を回ってもお客さんはたった三組だった。その三組もほとんど顔を見たことのない客で、残っていた一組のカップルがさっき帰っていって店の中は僕とマスターだけだった。

「まぁこんな日もあるのさ」

マスターの苦笑に僕は頷《うなず》きながら、さっきからずーっとボトル磨きとグラス磨きを続けている。

「マスター」

「うん？」

いい機会だから姉さんのことを訊《き》いてみようかと思った。それとなく。

「姉さんなんですけど」

「咲実ちゃん？」

「こっちに来てすぐにここの常連になったんですよね」

そう聞いていた。誰かの紹介でもなんでもなく偶然に見つけて入って常連になったと。

「あぁ、そうだね」

「女性として、どうですか」

ゲイのマスターに訊くのもどうかと思うけど、でも別に偏見でもなんでもなくだからこそ感じる部分もあると考えた。マスターはニコッと笑った。眼鏡の奥の優しい瞳《ひとみ》がいっそう優しくなる。

「いい人だよ」

「いい人」

「世の中の女性全《すべ》てにランクを付けるなら、彼女はどんなジャンルランキングでもトップテンに入る女性だと思うね」

ものすごい評価だ。でもそう言ってからマスターはあぁ間違えた、と人差し指を立てた。

「セックスのことに関しては、私には採点不可能なので評価不能かな」

悪戯《いたずら》っぽく笑う。それはそうですねって僕は言って二人で笑った。

「どうした。咲実ちゃんに恋人でもできたのかい」

「どうなんでしょう。やっぱりいないんでしょうか」

そうだなぁとマスターはしゃがんで冷蔵庫から自分用のミネラルウォーターを出した。キャップを開けてグラスに注ぐ。それから、時間を掛けてゆっくり飲んだ。

「圭司くん」

「はい」

「ひょっとして、誰かから咲実ちゃんについて何かを聞かされたか」

じっと僕の眼を見て言った。その瞳はいつでも優しい光をたたえている。それでも、何もかもを見透かされているような瞳。

「はい」

素直に答えた。

「姉さんが僕を愛していると」

マスターの右目の端がくいっと上がった。カウンターを回ってフロアの方に出て、僕の立っているところの正面の椅子《いす》に座りながらマスターは煙草《たばこ》を取りだして火を点《つ》ける。

「今日はもういいか。灯を消そう」

「はい」

壁にあるスイッチで入口の看板のライトを消した。本日閉店。看板は消えても店内の灯は壁に入ったスリットから漏れるので、ごく親しい常連なら入ってくるけど。

「もう何年も前だけどね」

「はい」

「咲実ちゃんが足しげくここに通うようになって、そしていつも一人だったのでよく話すようになった」

僕も姉さんからそう聞いている。ここに来るときはいつも一人。

「あれこれと話すうちに、家族の話にもなって、弟が一人いるんです、と彼女は言った。とても嬉《うれ》しそうにね。私は別に占い師でも精神科の医者でもないけど、長い間こんな商売をやっていると、どういう気持ちで喋《しゃべ》っているのか、というのぐらいはわかるようになってくる」

「はい」

「咲実ちゃんが圭司くんのことを話すとき、いつも恋人のことを話すようだった。余程可愛《かわい》がっているんだなと思っていたけど、後になって血は繋《つな》がっていなくてお互いに連れ子同士の再婚家族だと知った」

もういいよ、とマスターが言うので僕もカウンターを回って、マスターの隣りに座った。マスターはカウンターの端にある秘密の引き出しから自分専用のとっておきのウィスキーを出す。ボトルを換えてあるので中身がなんなのかは僕も知らないんだ。何度か飲んだことあるけど、もちろん僕にウィスキーの利《き》き酒なんかできない。

「そのうちに圭司くんがここでバイトをするようになった。カウンターのこっちとそっちで会話をする君たちを見ていて、いつも願っていたよ」

「願っていた?」

マスターはシングルのグラスにストレートでウィスキーを入れて、僕にもくれた。二人でそれを飲んだ。いつも仕事の終わりに一杯だけのファーストラストショット。

「この二人に、神の祝福あれ、と」

「神の祝福、ですか」

「私が大好きないい人同士が愛し合って結ばれて幸せになってくれるのなら、人生においてこれほどの喜びはない。けれども、私はクリスチャンではないけど、そういう特別なことでもない限りこの二人は結ばれないのだろうなと。今もそう思っている」

そんなに大げさなことなんだろうか。

「こうして僕がそれを知ってしまっても？」

マスターは頷いた。

「そんな気がするね」

僕は小さくため息をついた。自分で自分のことがわからないのに、どうして皆は僕がどういう人間かわかるんだろう。

「そのことを圭司くんに教えた人というのは？」

「富永です」

うーんとマスターは何ともいえない表情をして、それから苦笑いした。さすがだねぇと首を振った。ついでに訊いてみた。

「富永なら、納得なんですか？」

「そうだね」

「富永は女性としてはどうですか」

「まだ未熟だが素晴らしい」

即答だった。

「ただし、あの素晴らしさがわかって尚且《なおか》つ一緒に人生を歩いていける男性は世の中にそうはいないだろう。彼女の素晴らしさはある意味ではいびつだからね」

いびつっていうのだけはなんとなくわかるような気がした。


「早かったな」

ヒロのカブでいつものように夜の道を走って帰ってきた。家に入るとヒロは居間で漫画の本を積み上げて読んでいて、何かと思ったら『ジョジョの奇妙な冒険』が一巻から八十巻まで積んである。ヒロが読んでいるのは十五巻だった。

「どうしたの」

「突然読みたくなって借りてきた」

でも少し疲れたから休憩するか、と台所に立っていった。コーヒーを淹《い》れるんだろう。酒好きのヒロだけど何かを読むときには絶対にアルコールは口にしない。持ってきてやるから休んでろ、というヒロの言葉に甘えてソファに座って煙草に火を点けた。

それから一巻を手にして開いた。

「懐《なつ》かしー」

リアルタイムでは読んでいないけど、小学校のときに夢中になって読んだっけ。

「早仕舞いしたのか」

「うん」

コーヒーを持ってきてくれて、それをテーブルに置いてヒロは元の位置に戻って煙草に火を点けた。僕が一巻を読んでいるのをみて、しばらく借りておくから急いで読まなくてもいいぞ、と言った。

「わかった」

ちょうど二話を読み終わったので閉じてテーブルの上に置いた。後でゆっくり読もう。

「なんか言いたそうな顔だな」

「なんでわかるの」

「バレバレだ」

良く言えば表情豊か。悪く言えば頭の中がダダ漏れ状態とヒロが言う。そうなのか。

「ずっと考えていたんだ」

いつもより少し多かった車の波やネオンの光の中や住宅街の暗がりを、いつものルートを走りながらずっと僕は考えていた。なんだか突然のようにいろいろ増えてしまった僕の女性関係について。

「女性関係ってか」

ヒロが笑った。確かにそうなんだけどそういう表現をすると笑えるなと言う。確かに。でもまとめて言うにはそれぐらいしか思いつかなかった。

「本当に人を好きになるっていうのはどういうことかなんて、わからないよね」

ヒロは首を傾《かし》げた。

「俺の場合は、やっぱ守りたいっていう気持ちかな」

「守りたい」

煙草の煙が目に滲《し》みたのか、顔を顰《しか》めて目を押さえた。

「まぁ人それぞれだろうし、そんなこと考えられない奴《やつ》の方が世の中多いんだと思うけどさ」

「そうかな」

「そうさ。そうでなきゃなんで世の中がこんなに鬱陶《うっとう》しくなっていくのか説明がつかない。政治が悪いわけでもなんでもない。何にも考えられない人間が増えすぎているのが全ての元凶さ。オレはそう思うね」

考えてみた。言ってることは大ざっぱすぎるかもしれないけど、気持ちはわかる。

「オレはさ」

「うん」

「自分のせいだけど親に見捨てられたわけじゃん」

気軽に頷いてはいけないことだけど、わかるから頷いた。

「それを繰り返しちゃダメだって思ってる。だから、本当に女を好きになるってことは、そいつを一生守っていって、同じように子供ができたら大人になるまで守り抜く。そういう覚悟をさせてくれるような女が、オレが本当に好きな女なんだ、という考えを今のところしてる」

そんなことまで考えていたんだ、と僕は感心したんだけど、するとヒロはニヤッと笑った。

「そして、それを確認するためには深く深くお付き合いしなきゃならないから」

「とっかえひっかえ女をベッドに連れ込むと」

「正解」

二人で笑った。確かに理屈にはなっている。

僕はまだ何もわからない。わかろうとしてないのかもしれない。逃げているのかもしれない。

「それでいいんじゃないか？」

ヒロは言う。

「わかるときにはわかる。わからないときにはわからない」

頷《うなず》いた。

でも、こうやってマスターやヒロと話しているうちに、何かが僕の中で形にはなろうとしていた。まだもやもやしていて摑《つか》みようのないものなんだけど。何か。

井《い》の頭《かしら》公園

正確には井の頭恩賜《おんし》公園って言うらしい。もちろん近所なんだから何度も来ている。僕の撮影のホームグラウンドみたいな公園だ。どこもそうだろうけど、お花見の季節にはものすごい人出になるけど、普段は静かな公園だ。動物園もあるし水族館もあるし、もちろん池ではボートに乗れるし。雰囲気もいいし、慣れているせいもあるだろうけど、なんとなく理想の公園じゃないかって思う。

そこに、百合香さんが行くとメールが入った。

〈すぐに向かいます〉

僕は初島さんにそう返信した。

久しぶりだ、と思った。百合香さんとかりんちゃん。池の脇《わき》の歩道を歩いてくる百合香さんを見つけたとき、僕は立ち止まって正面からカメラを構えた。歩いてくる百合香さんの姿をファインダーに捉《とら》える。

ジーンズにTシャツに短いジャケットにスニーカー。いつも通りの動きやすい少しおとなしめの服装。ベビーカーを押しながらかりんちゃんに何か話しかけていた百合香さんは、ふと顔を上げる。僕が立ってカメラを構えているのに気づいた。

少しだけ、ほんの少しだけ驚いたような表情をして、それから笑顔が弾《はじ》けた。

僕はシャッターを切った。

それから少し脇に寄って、視線の端に二人の姿を捉えながら池の噴水の方を眺めていた。百合香さんはゆっくりゆっくり歩いてくる。手を伸ばせばすぐに彼女に手が届く距離になったときに、かりんちゃんが僕に向かって手を振った。僕は手を下ろしたまま手首だけでそれに応《こた》えて、微笑《ほほえ》んだ。

そのまま、百合香さんは僕の脇をゆっくり通りすぎていった。

それから、五メートルの距離を置いて、僕は歩きだした。今までと同じように、百合香さんの歩く速度に合わせてゆっくりゆっくり。時々カメラを構えてシャッターを切りながら。ときには追い越して前方から、横から、二人の姿を何枚もカメラに収めた。

手の届く距離にいる。

不意にそう思った。それは百合香さんも、そして姉さんも同じだと思った。手を伸ばせばすぐそこにいる。

お昼になって百合香さんは木陰のベンチに座った。かりんちゃんを隣りに座らせていつものようにご飯を食べさせる。僕も少し離れたところのベンチに座って、二人を見ていた。お弁当を作る気にならなかったので、コンビニで買ってきたサンドイッチを開けようとしたときに、ふいに誰かが僕の前に立って何かの袋を差し出した。

驚いた。

ヒロだった。ヒロがニヤッと笑って弁当屋さんの袋を僕に差し出していたんだ。

「おごり」

おごりなんて言いながらもお弁当はいちばん安い海苔《のり》弁当で、でもご飯は大盛りだった。ヒロは僕の隣りに腰掛けて、二人でいただきますと言って食べだした。

「後を尾《つ》けてきたの？」

「人聞きの悪い。たまたま同じ方向に歩いていたんだ」

ヒロが笑う。まぁいいんだけど。風もない日で空には薄い雲が多かった。陽射《ひざ》しをときどき和らげてくれて、散歩するには絶好の日和《ひより》。

「仕事は？」

「今日はオフだ」

暇だからついてきたんじゃないと思う。ヒロはそんなことはしない男だ。何か目的があって来たんだろうと思うんだけど、ご飯を食べている間は何も言わなかった。これもおごり、と言って差しだしたお茶を飲む。周りを見て人が近くにいないのを確認してから煙草《たばこ》に火を点《つ》けて、ポケット灰皿も取りだした。

「別に邪魔しにきたわけじゃないからな」

「うん」

「姿を見せておこうと思ってさ」

「見せる？」

ヒロは大きく頷いた。

「あの人妻に、ケイジには友人もいるんだってことを」

わからなかった。

「なんでそんなことを？」

「二人だけの世界にはいっちゃうと周りが見えないからさ。カメラで撮るのと撮られるのと、そういう関係になるとなおさら」

それは、わかる。

「ケイジが何らかのアクションを起こす前にちょっと顔を出して、それぞれお互いの世界があるってことをね。確認してもらおうと思ってさ」

「頭を冷やせってこと？」

まぁそうかなってヒロが笑う。

「オレとしては別にケイジがあの人妻とどうにかこうにかなっても、ケイジの選択なんだから精一杯応援するけどさ。ケイジはあの人妻のことをある程度わかってるけど、あの人妻はケイジのことを何にも知らないはずじゃん」

「たぶんね」

だから、と言ってヒロはチラッと百合香さんの方を見た。かりんちゃんと楽しそうに話しながら笑っている。

「そんなときに、たとえ友達一人でもその姿を見れば、ぱらっと何かが崩れたり視界が広がったりするんだよ」

よくわからなかったけど、なんとなく頷いた。ヒロが僕のことを心配してやってくれてるのだから。

「あの人は確実にオレのことを見たよな」

見たと思う。

「こんなサンダル履きでさ、しかも近くのお弁当屋の弁当持ってオマエのところに来たんだ。ちゃんと考えられる人なら近所にいるんだなって思う。ということはオマエの家もこの近所なんだろうか。確実にオレはケイジより年上に見えるからそういう友達もいるんだなとかいろいろあの人は考えるはずだ」

「そうかもね」

「きっとこれでまた何かが変わる。結論を出すのはそれからでもいい」

それからヒロと一緒に公園を歩いた。いつものように適当に話をしながら、百合香さんとかりんちゃんの歩く速度に合わせてゆっくりゆっくり歩いていた。ただ五メートルという距離ではなく十メートルぐらいになっていた。ヒロと二人で後を歩いていくのに五メートルは近すぎると思ったんだ。

僕はときどきカメラを構えて百合香さんを撮る。

でも、確かに雰囲気は変わる。それまでの僕と百合香さんの間に流れていた感覚が変わる。ヒロがそこに居るというだけで、空気感が違う。

百合香さんは、どう思っているかな。ヒロのことはたぶん友達なんだと判断すると思う。でも、今までずっと僕一人だったのにどうして今日は二人なのかと、何か理由があるのかと不審や疑問を感じたりしてないだろうか。

池の周りの柵《さく》に腰を掛けてギターを弾いている二人がいた。僕と同じぐらいか、少し上かもしれない。歌は歌っていないで演奏だけだ。オリジナルなのかひょっとしたらなんかのコピーかもしれないけど、天気の良さをさらに気持ちよくさせるような明るい曲を楽しそうに笑いながら演奏している。

「上手《うま》いな」

ヒロが感心したように呟《つぶや》いた。百合香さんも立ち止まってそれを聴いていた。かりんちゃんもじーっと見ている。周りに人が何人か集まっていた。ストリートライブをやってます、という気負いは全然感じられなくて、二人でちょいと練習してますよって雰囲気。それでもその腕前は見事だなって思っていた。

曲が変わって今度は僕も知っているデパペペの曲になった。聴いていた人たちからも小さな歓声が上がった。本当に上手で僕はデパペペの顔を知らないから実はそうなんじゃないかと思ったぐらい。

「おい」

ヒロが小さく言って僕をつついた。

「なに」

「見ろよ」

二人のギターに気を取られているうちに、百合香さんの側《そば》に、いやかりんちゃんのベビーカーの横に誰かが座って話しかけている。かりんちゃんが何か嬉《うれ》しそうに笑いながらおしゃべりしている。百合香さんも少し腰をかがめて、笑顔で応対していた。

ジーンズにTシャツに軽くはおった淡いピンクのシャツ。

あの後ろ姿は、髪形は、雰囲気は。

「富永？」

どうして富永が？　ヒロと顔を見合わせた。

「いやオレは無実だ」

慌《あわ》てて首を横に振った。でもあそこに居るのは、百合香さんと楽しげに話をしているのは確かに富永だ。

days 11

週末以外は近所のコンビニでレジ打ちのバイトをしている。学校の課題でやることは多いし、写真を撮る時間も欲しい。やりたいことはたくさんある。あまり拘束されるのも困るから時間が自由に決められるこのバイトはありがたい。都合よくここの店長は同じ学校に通う学生のお父さん。学部が違うので会ったこともないんだけど、いろいろと時間的なわがままをきいてもらえる。

十時過ぎに家に来る、と富永からメールがあった。

あの後、百合香さんは僕の友達の富永という女の子とそのまま一緒に帰っていきました、ともメールを打てず、いつものように何もありませんでしたとしようと思ったけど、でも現実に富永は百合香さんのマンションの中にまで入っていってしまったんだ。

「どうしたらいい？」

ヒロに言うと頭を抱えた。

「ムズカシイ問題だな」

うーんと唸《うな》ってから言った。

「とりあえずは、知り合いらしい若い女の子と公園で偶然会ったらしく、楽しそうに話しながらそのまま家に帰りましたという文面にするしかないだろう。嘘《うそ》はついていない」

確かに。考えたらそれしかない。何か進展があったなら、すいません実は知り合いの女の子でしたと謝るしかない。そう考えて、メールを送った。それから三日が経《た》っている。富永にメールを出しても返事が返ってこないし、電話をしても出なかった。

ようやく返事が来たのは、ついさっき。

一体あいつは何を考えているんだろう。

「何らかの方法を使って、人妻の正体を突き止めたんだな。大したもんだ」

「でもどうやって?」

家に戻ってヒロとそう話していた。ちょうど新発売の美味《おい》しそうなパンがあったので富永とヒロへお土産代わりに買ってきて、富永を待っていた。

「考えられるのは。オレかケイジの姉さんだけど」

ヒロではない。本人がそう言っている。姉さんだってそんなことを軽々しく教えたりしないと思うんだけど、でもヒロではないとすると姉さんしかいない。姉さんは何を考えて話したりしたりしたんだろう。

そもそも、どうして富永は、あんなふうなんだろう。僕と姉さんが結ばれるのを望んだり。

「怒ってたよな。この間」

怒っていた。その人妻というのはいったい何！　と僕とヒロに詰め寄ってきた。それは言えないと突っぱねるとじゃあもういい、とその日はそれっきり一言も口をきいてくれなかった。

「さすがのオレも富永ちゃんの思考は摑《つか》みきれない」

ケイジのことを好きなんじゃないかと思ったこともあったけど、この間の一件でわからなくなったとヒロが言う。僕こそ富永はヒロのことが好きなんじゃないかと思ったけど、全然そんなそぶりは見せないし、ヒロが女を連れ込んでいるのを二、三度富永はこの家で目撃していて、でも何の反応もなかった。

二人でうーんと唸りながら居間でコーヒーを飲んでいたら、ガラガラと玄関が開く音がした。

「なにしけたツラしてるの二人で」

スーパーの袋を持って居間の入口のところに立ってそう言う富永に、それは君のせいだよと言おうとしたけど、富永はそのまままくるりと回れ右して台所に向かった。富永にとっても勝手知ったる台所で水音がして、ガスに点火する音が聞こえたからお湯でも沸かしているのかもしれない。

ヒロが立ち上がって台所に行って一言二言話をして戻ってきたら手にDVDを二枚持っていた。

「今日はこれだってさ」

〈小さな恋のメロディ〉と〈修羅がゆく〉だった。なんでこんな組合せなんだろう。まぁどっちも観《み》ていないので嬉しいけど。

何を用意しているのかと思ったらインスタントのスープだった。最近これが美味しくてハマっていると言う。ちゃんと三人分用意してあると思ったら新発売のが二種類あって、お気に入りとあわせて三つ買ってきて、皆で味見しようね、と言う。

「あ、おいしい。これ」

ホウレンソウのニョッキが入ったスープ。確かに美味しい。スプーンを口にくわえたまま富永はDVDをセットした。最初は〈修羅がゆく〉を観るようだ。

「なぁ富永ちゃん」

「なに」

「この間、井の頭公園に居たよな」

「うん」

「何してたんだ？」

何を今さらそんなことを訊《き》く、という顔をして富永は僕たちを見た。

「あの人妻と会ってたんだよ」

見てたでしょ？　と目を丸くさせて言う。いや、見ていたけど。

「なんで？」

「誰に訊いた？」

僕とヒロが同時に違うことを訊くと、富永はくいっと首を傾《かし》げて、今度はミネストローネを口に運んだ。それもとても美味しくて、このシリーズは当たりかもしれない。

「美味しいね」

ヒロと二人でそれには同意したけど。

「圭司くんはどうするつもりなの？」

「何を？　いや、先に質問に答えてよ」

「私の質問に答えたら答える」

ヒロが僕と富永をピンポンラリーで見た。答えるって。

「なんだっけ？」

「圭司くんは、あの人妻をどうするつもりなの？」

どうするって言われても。何て答えていいかまったくわからない。

「今のところ、どうするつもりも、ないけど」

「ないの？じゃあこのまま写真撮りつづけて、旦那《だんな》さんがもういいよって言うまで続けるつもりなの？」

教えてないのにそんなことまで知ってるのかと驚いた。なんで、って訊こうとして無駄だなと思い直した。

「それにもまだ答えられない」

僕はまだその答えを自分の中に用意していない。形になっていない。だから、素直にそう言うと富永はふーんと大きくため息をついた。

「男らしくねー」

そういう問題ではないと思うんだけど。黙っていたヒロがちょいちょいと手を動かして富永の注意を引いた。

「なに?」

「それで、富永ちゃんはどうしてあの人妻を知って、会って、何を話したんだ?」

「圭司くんが答えたらって言ったでしょ。圭司くんはまだ私の質問に答えてない。答えられるようになったら言って」

うん、とヒロは頷《うなず》いてから言った。

「その答えによって、富永ちゃんはどうするんだ? どう動くんだ?」

「そんなの決まってるでしょ」

リモコンを取って、スイッチを入れた。画面が一瞬暗くなってどこかの映画会社のマークが出る。

「みんなが、幸せになれる方向へ」

「みんなって?」

ヒロが訊くと、僕たちの方を見ないで富永は言った。

「私が好きな人たちみんな」

それから、くるっとこっちを向いてニコッと笑った。

「生きてくってさ、暮らしていくってさ、そういうことでしょ?」

days 12

次の日に、学校で模型を作っていると、メールが入った。富永からだ。

〈ひとつだけ教えてあげる。人妻には圭司くんのことは何も言ってないからね。私が友達だってことも〉

なんで昨夜言わないで今頃送ってくるんだろう。本当に何を考えているのかよくわからない。それでも、疑問に思っていたことが一つ解決してちょっとホッとした。

〈わかった〉

一言だけ返信した。

わかったことは、もうひとつある。富永はいつも僕のことをちゃんと考えてくれているってことだ。それはまるでお母さんのようだったり姉さんのようだったり恋人みたいだったり、友達だったり。

「何考えてるかわからんけど、お前のことが好きだってことだけは一貫してるな」

ヒロもそう言っていた。その〈好き〉という基準がどういうものなのか僕たちにはわからないだけだ。女の子が男の子のことを〈好き〉っていうのはそういうことしかないと思うんだけど、どうも富永は違う。富永が男だったら簡単だったのかもしれない。友達のためにいろいろ考える気の良い男ってことで納得できたのかも。

「カノジョ？」

携帯の画面を見つめながら少しぼーっとしていたらしくて、真山が笑っていた。違うよ富永だよ、と言うと、さっさと恋人になっちゃえばいいのにって。真山も富永と僕がそうなればいいと思ってるらしい。

ふと訊いてみたくなった。

「真山、訊いていい？」

「なにを？」

「このままかほりちゃんと付き合って結婚することに、何の疑問もない？」

少し驚いたように目を丸くした。

「いきなりだね」

「ごめん」

作業台の丸い椅子《いす》にストンと座って、置いてあったバルサ材を手に取った。トントン、とそれで台を叩《たた》く。
「ないよ」

断言するか。にこっと笑った。

「そりゃあ喧嘩《けんか》をしたこともあったし、付き合いも長いからいろいろ積み重なってくるものはあるけど」

「うん」

でも、これからの人生を一緒に歩いていくことに疑問は感じないと言う。それから少し恥ずかしそうに、酒でも飲みながら話すようなことだけどって微笑《ほほえ》む。

「かほりとは、この先どんなことがあっても同じ方向をずっと見ていられるんだ。そういう確信がお互いの中にある」

「同じ方向」

少し前かがみになって、自分の腿《もも》に肘《ひじ》を付き両手のひらを合わせた。優しい瞳《ひとみ》で僕を見る。

「歌の文句みたいに言ってしまえば光差す方向だよね。どんなに意見が食い違っても同じ方向さえ見失わなければ大丈夫、っていう思いがあれば、将来別れてしまっても後悔はしないと思う。そのときに感じたその思いには嘘はないんだから」

その思いを、僕たちは共有しているんだと言ってから、真山は少し照れた。

ずっと考えていたことがあった。

いやずっとじゃなくてふと思ったことがあって、そんなことを思いつくのはどうしてなんだろうって疑問に思って、なんだかあやふやなままで放っておいたこと。真山と話してそれがまた頭に浮かんできた。

バイトが終わって家に帰る間にずっとそれを考えていて、そうしようと思っていた。家に着いて、居間でテレビを観ていたヒロにその考えを教えると、ふーん、と言って唇を尖《とが》らせた。

「それで、いいのか、な?」

首を捻《ひね》った。僕もそうした。

「わからないけど。昨日富永が言ったので、なんだかそれかなって」

「何言ったっけ」

「好きな人たちには、幸せになってほしいって。暮らしていくっていうのはそういうことだって」

「あぁ」

そんなこと、考えたこともない。けれども、父さんも言っていた。誰かのために生きるって。

「それを聞いたときに思ったんだ。父さんは自分のために生きることを捨てて、誰かと一緒に生きることを選んだんだろうかって」

「うん」

「でも、それは違うんだなって考えた。自分のために生きることと、誰かのために生きることは、別に相反するものじゃない。富永が言っていたことはそういうことでもあるんじゃないかって」

ヒロはまた少し首を傾げた。それからリモコンでテレビを消した。

「こう言うと、なんだかうぬぼれているように聞こえるかもしれないけど、姉さんも、富永もさ」

「うん」

「僕のことを、考えてくれているよね」

「そうだな」

それは、どうしてなのか。好きとか、嫌いとか、そんな一言で言い表せないもの。

「一緒に生きていくということなんだと思うんだ。暮らしていくのは別になってしまうのかもしれない。それぞれがそれぞれの場所で他の人と暮らしていくけど、生きていくのは一緒。だから、幸せな方向に向かっていってほしい。会ったときにいつでも、なんていうか、いつも通りに過ごしていたい」

「うん。わかる」

「それは、自分のためでもあり、大好きな誰かのためでもあるんだ」

頷きながらヒロは煙草《たばこ》を一本取ってブックマッチで火を点《つ》けた。

「それが結論か」

結論だと思う。そうするのがいいんだと。

「百合香さんは、お前が手を伸ばせばそこに居ると俺も思うけどね」

そうかもしれない。右手のひらを広げてみた。

「でも、そこで摑《つか》むものは、きっと違うものになってしまう」

「逃げてないか？　百合香さんに手を伸ばせばそりゃあいろんなものがケイジの肩にのし掛かってくる。その重さにビビってないか？」

言葉にしてしまうと、子持ちの人妻との不倫。本当に好きならそんなの関係なくなるんだろう。

でも。

「彼女が望んでいるのは、僕との人生じゃない。きっとそうなんだ。公園に行く理由はそれしかないと僕は思う。僕はそこに割り込んできたただのカメラマン。もし彼女が僕に好意を持ってしまったのなら、言葉は悪いけど身代わりに過ぎないと思う」

そして。彼女が望むのは、僕も願うのは。

「好きな人たちの幸せを望むのは、そこから離れていくことじゃなく一緒に生きていきたいからだ。僕は、あの二人が幸せであってほしいと願っている」

ヒロは、うん、と頷いた。

「そう思ってるんなら。いいさ。好きなようにしろよ」

ニヤッと笑って何故《なぜ》か右手を差し出したので、握手した。そのタイミングでガラガラと玄関の戸が開いて、声が聞こえた。

富永だ。

居間の入口に現れた富永の姿を見て、僕とヒロは同時に同じ疑問を抱いてそれを口にしようとしたけど、次の瞬間にはその疑問の答えを思いついて顔を見合わせてしまった。富永はそんな僕たちをにこにこと笑いながら見て、ひょいとスーパーの袋を掲げた。

「そういうわけで、引っ越し祝い。おいしいよ、これ」

富永は背中にバックパッカーが使うような大きなリュック、手には大きなスポーツバッグ。

「あの部屋、まだ空いているんでしょ？」

確かに以前に部屋は空いているからいつでも使っていいとヒロは言っていたんだ。女一人男二人の共同生活も楽しいんじゃないかって。でもそれはあくまでも富永が絶対そんなことはしないという確信があって、つまり家賃を払わないで住んでいられる実家暮らしを手放すつもりはない、と富永が常々言っていたからだ。

「本気なの？」

荷物をさっさと部屋に置いてきて、デパートの全国物産展で買ってきたという押寿司《ずし》をテーブルに置いて包丁で切り分ける富永に訊《き》いた。

「いいって言ったでしょ、前に」

ヒロは何も言わないでうんうんと頷《うなず》きながら日本茶の用意をして、湯呑《ゆの》み茶碗《ちゃわん》を三つ並べた。

「お父さんお母さんは？」

僕はもちろん富永のお父さんにもお母さんにも会ったことがある。まだ旭川にいる頃なので随分前のことになるけど、ものすごく立派なお父さん、という印象があった。もちろん印象だけではなく、今は取締役社長をやってるぐらいだから実際に立派なんだけど。

「もちろん言ってきたよ。しばらく一人になりたいので友達のところにやっかいになるからって」

「その友達が僕とかヒロだっていうのは」

「ヒロはともかく圭司くんはうちの家族に評判いいからね。大丈夫」

「大丈夫って」

まぁ富永がそう言うんなら大丈夫なんだろうし、彼女だって二十歳を越えて立派かどうかはともかく社会人だ、と頷くしかなかった。持ってきた押し寿司を美味《おい》しいね、と言いながら食べてお茶を飲んで、一息ついたときにヒロが訊いた。

「しかしどうしてまたこのタイミングで家《うち》へ？」

富永が眼をくりんと動かした。

「放っておいたらどうなるか不安だったから」

「不安？」

およそ富永には似合わない単語だと思った。

「私がしたことで圭司くんやその他大勢の人がどう動くか」

オレはその他大勢かよ、というヒロのツッコミを富永は頷くだけでスルーして続けた。

「私が常に側《そば》にいれば、圭司くんだっていつまでも考えがまとまらないなんて言ってられないだろうし」

「ようするにプレッシャーを掛けに来たと」

「そういう言い方もできるね」

ニコッと笑う。僕のことを心配してるんじゃなくて単に楽しんでいるんじゃないかという気もしてきた。

「まぁしかし」

ヒロが煙草に火を点けながら言う。

「それは杞憂《きゆう》に終わったな」

「キユウ？」

「ケイジは結論を出したぜ」

富永が顰《しか》めっ面《つら》をしてみせた。

「本当に？　どういうふうに？」

ずいっと僕に詰め寄ってくる。僕は少し後ろに下がりながら答える。

「初島さんに、公園に来てもらうんだ」

「なにそれ」

かくん、と首を斜めにした富永に続けて言った。

「僕の代わりをしてもらうんだ。初島さんに百合香さんとかりんちゃんの写真を撮ってもらう。二人の後をずっと歩きながら、写真を撮ってもらうんだ」

それが、それこそが百合香さんが望んでいたことだと僕は思った。そう言うと富永は今度はまるでお腹《なか》の痛みを我慢している顔になって下を向いてそのまましばらく動かなくなった。僕とヒロがその反応を見ながら待っていると、ゆっくり顔を上げた。

「もう少し詳しく説明して」

「百合香さんが公園に、かりんちゃんと一緒に公園を渡り歩いているのには理由があるはずだよね」

ずっとそう感じていた。確かに育児ノイローゼにならないように気分転換というのもそうだろうし、かりんちゃんの情操教育っていうのもある。それもひとつではあると思うけど、何より、初島さんに来てもらいたいからじゃないかと。

「仕事を何よりも優先する初島さん。それは家族のためだった。もっといい暮らしをするために、将来を安定させるために、家族の暮らしを守るために、そう思って初島さんは仕事をしている。それは百合香さんもわかっているんだと思う」

だから、百合香さんは何も言わずに、一人でかりんちゃんの子育てを頑張っていた。

でも。

「でも、本当は、彼女はそんなことを望んでいない。もちろん家族のために仕事を頑張りたいっていう初島さんの気持ちをわかっていたから言わないけれど、言えなかったけれど、そんなことより何より、もっと一緒にいたい、かりんちゃんと三人で過ごす家族の時間を大切にしてほしい。仕事が大事なのもわかるけど、いい暮らしなんか必要ない、ささやかでもいいから三人で仲良く暮らしていければそれでいい。何よりも大事にしたいのはそういうもの。そう思っていたんだ」

何も確証はない。ただ僕がそう考えただけのこと。でも、確信があった。カメラのファインダーを通して、僕は彼女を感じていた。

「だから、公園に行くときには必ず初島さんにメールをした。〈私たちはここに居ます〉って。それは、あなたも来てくださいという、そういう願いが込められていた」

それをずっと続けている。初島さんがわかってくれるまで、気づいてくれるまで、気長に続けようとしている。気づいてくれなくてもそれはしょうがない。どんなことがあっても初島さんについていこうと思っているけど。

「百合香さんは、きっと僕のことを最初から気づいていた」

「どうして？」

たぶん、最初に初島さんに声を掛けられて、話していたのを見られていたんだと思う。ひょっとしたら僕が最初にシャッターを切ったときに、彼女は感づいていたのかもしれない。

「次に僕が公園に現れたときに、百合香さんは思った。初島さんに頼まれてきたのかもしれないって。だからすぐに気づいているという意思表示を僕にしてきた。わかっていても初島さんには何も言わなかった」

何故僕に好意を示して近づこうとしたのかは、わからない。

「ひょっとしたら、初島さんに伝えてほしかったのかもしれない。私がこういうことをしてほしいのはあなたなのにって。だから」

「だから初島さんに圭司くんと同じようにさせるってこと？」

頷いた。僕のこの考えを初島さんに言うのは簡単だ。でも、それより。

「初島さんに見つめてほしいと思った。僕と同じように百合香さんを。かりんちゃんを。自分が大切にしなきゃならない人たちを、言葉も交わさずにしっかりと」

人間は、わからないから言葉にしてしまうと昔どこかで聞いたように思う。でも、言葉にしてしまうとその分だけ見えないものも増えていってしまう。

「初島さんが言っていたように、確かに僕にこんなことを頼んだのは百合香さんに対する裏切り行為でもあると思うんだ。彼女を信じきれない初島さんも悩んではいたけど、でも罪滅ぼしのためにはいいんじゃないかと」

ヒロが、ゆっくりと頷いた。

「オレも賛成したよ。その考えに」

富永は、唇を一度引き締めてから、それからニコッと笑った。

「いいんじゃない？　賛成」

それから何故か突然僕の手を取ってぐいっと引き寄せて、抱きついてきた。

「いいと思う。とっても」

ヒロが苦笑して、抱きしめられた僕もどうしようもなくて同じように笑うしかなかった。なんでいきなり抱きしめるんだ。

days 13

雨が降った日曜日。僕はカメラバッグを担《かつ》いで家を出た。

初島さんに公園に来てもらう前に確かめたかったから、天気予報を確認してちょうどいいと思って姉さんにメールしておいた。

〈明日昼に家に行ってもいいかな〉

姉さんからは〈お昼ご飯は?〉と返信があったので、いただきます、と答えた。

姉さんを撮ろうと思った。

今まで姉さんを被写体として真剣に考えて撮ったことはない。もちろん何度か撮ったことはあったけど、それは本当にただの記録写真。

だから、真剣に撮ってみたいと思った。そこに何が見えてくるのか、そこから何かが生まれてくるのかどうか確かめたかった。

墨田区にある姉さんの住むマンションに行ったことは何度かある。東京に来た頃に、初めての一人暮らしの弟にちゃんとしたものを食べさせてあげようということで何度か晩ご飯をご馳走《ちそう》してもらった。一人暮らしに慣れてからはすっかり足が遠のいてしまって、行くのはずいぶん久しぶりだった。

四階建てで戸数は八軒と小さいけれど、住民は全部独身女性でしかもオートロック。部屋は広いワンルームだけどロフトになっているという、そういうコンセプトで作られたいわゆるデザイナーズマンション。入口で部屋番号を押して呼びだす。インターホンから姉さんの「はい」という声が聞こえて、僕です、と答える。自動ドアが開いて、中に入った。


「久しぶりね、ここでは」

玄関を開けてくれた姉さんはそう言って微笑《ほほえ》んだ。グレイのスウェットに黒のTシャツ、白い薄いカーディガン。いつもの姉さんの部屋着。どうぞ、と言われて居間に入っていって、ソファの横にカメラバッグを置いたのを見て、何かの撮影があったの？　と訊いてきた。そのままキッチンに向かった姉さんの背中に、いや、と返事した。

「姉さんを撮らせてほしくて」

「わたし?」

マグカップにコーヒーを注ぎながらきょとんとした顔をする。普段はコンタクトをしているんだけど、休日の部屋では眼鏡をしている。なんで? と頭を捻《ひね》った拍子にラフにひっつめた髪の毛が後ろで揺れた。

「なんかに使うの?」

マグカップを二つ手にして居間に戻ってきて、テーブルの上に置いた。そのまま床にぺたんと座って僕を見た。

「そういうわけじゃないけど、ただ撮ってみたくなって」

ふーんとコーヒーを飲みながら僕を見る。物好きね、と苦笑する。

「ここで?」

「ここで」

「掃除してないし」

「充分だよ」

「お化粧もしてないし」

「してるじゃん」

「これは身だしなみというものよ」

「そのままでもいいよ。その方がいい」

またふーんと唸《うな》って小首を傾《かし》げる。百合香さんのことは訊《き》かれるまで黙っていようと思っていた。

「まぁ、それが圭司のためになるんなら、いいけど」

その代わり美人に撮ってよね、と言うので、そのまんまにしか写らないよと答えた。じゃあせめて服ぐらいはお客さまお出《い》でになる用に着替えさせてと笑った。

お昼ご飯を作るというので、そこから撮ることにした。ちょうどよく雨も上がって薄日が差してきた。なるべく自然光を入れたくてレースのカーテンも全部開けた。キッチンで邪魔にならないように動き回って、僕はパスタを作る姉さんを撮った。お客さまお出でになる用の服は長袖《ながそで》の淡い黄緑のクルーネックのシャツにベージュ地に細かな淡い色の花柄の袖無しワンピース。エプロンは少し濃いめの緑だった。

さて、では始めますという姉さんの声で僕もカメラを構えた。

恥ずかしいなと微笑む顔、

タマネギを切る真剣な表情、

涙が滲《にじ》んだ瞳《ひとみ》、

熱いと顰《しか》めた眉《まゆ》、

アルデンテの具合を確かめる口元、

皿を出そうと伸び上がった背中、

サラダのレタスを千切る指、

キッチンに佇《たたず》む姉さん。

今まで、何も考えずに来た姉さんのことを僕は撮っていった。優しくて、強くて、自分の人生をきちんと考えて人生を歩んでいるしっかり者の姉さん。

姉弟になってすぐの冬休みだ。スキーに行こうとしたけど当日に父さんが都合悪くなってしまった。じゃあバスで行こうと姉さんが連れていってくれた。スキーウェアで着膨れしてお弁当を入れたリュックと板と靴を担いで二人でバスに揺られていた。ところが僕はそのリュックをバス停に置き忘れてしまって、それに気づいたのはもう何回か滑り終わってそろそろお昼ね、とスキー場の頂上で話していたときだった。姉さんは少しも慌《あわ》てず騒がず、スキーウェアの中から板チョコを出した。なんでそんなものを、と思う僕に姉さんは真面目《まじめ》な顔で言った。

「遭難したときにはこれで命を繋《つな》ぐのよ」

それから笑って、半分コしてくれた。ロッジの食事は高いからと、お腹《なか》が空《す》くまで滑りまくって、そのチョコで空腹感をごまかして帰ってきた。頼りになるな、お姉さんっていいなと思ったっけ。

「さ、できました」

どうぞ、と僕に向ける笑顔。ついでにと皿に盛られたパスタもサラダもきちんとテーブルにセッティングして、料理写真風に撮ってから二人でいただきますと手を合わせた。

「どう？　モデルは」

パスタを口に運びながら訊くので素直に答えた。

「いいよ。きれいだよ」

「そんなお世辞を言えるようになったのか」

お世辞でも何でもなく、素直にきれいだと思った。もちろん本物のモデルのような美しさではないけれど、姉さんの立ち居振る舞いにはきちんと生活している人の美しさがあった。

「そのまま食べてて」

カメラを構えると姉さんは恥ずかしいなーと小声で呟《つぶや》きながら微笑む。フォークに巻き付けられたパスタや、それを口元に運ぶ手や、小さく動く唇や、小さくふくらむ頬。髪の毛を押さえる手や、スープカップから飲む仕草、サラダのレタスを食べようと開けられた口。

僕と姉さんとの間には確かに信頼関係があった。どんなふうに撮られても、どんなふうに撮っても、お互いの間に揺らぐことのない空気がある。それを僕は感じながらシャッターを切っていった。

ご飯を食べ終わっても僕は姉さんを撮っていった。

ヒロくんは元気？ とかそろそろ就職のことも考えなきゃいけないんじゃないの、とか普通の会話をしながら。

洗い物をする姿。じゃあ中断していた部屋の掃除もしていい？ と訊くのでもちろんと答えて掃除をする姿も撮った。観《み》ていなかったドラマがあるから一緒に観ようと言って、ソファに座ってテレビを観ている姉さん。

そのままソファに寝そべってと注文を出すと照れながら寝そべる。最近伸ばしているという髪の毛が顔にかかってそれを指で流す。近寄って、ローアングルから、上から覆《おお》いかぶさるようにして撮っていると、少しだけ悩ましそうな表情を見せる。

そうしていると、二人の間に流れる空気が濃密になっていくのがわかる。

もしここで姉さんのヌードを撮りたいと言っても、それが僕のためになるのならいいよと姉さんなら言うんだろう。そんな気がする。

ありがたくて、嬉《うれ》しくて、心の中で頭を下げていた。

「やっぱり、きれいだよ」

横顔を撮っているときに言った。

「ありがと」

姉さんはくすっと笑って眼を伏せて、こっちを見ないで答えた。ほんの少しだけ頬が染まった。

帰り際《ぎわ》、玄関でじゃあね、と手を上げると、待って、と言いながら部屋へ戻っていった。何かと思ったら携帯を持って戻ってきた。

「お返し」

いきなり携帯のカメラで僕を撮って、姉さんは笑った。

井の頭公園

初島さんからメールが来て〈また井の頭公園に行きます〉となっていた。それも僕の計画を後押しすることになった。百合香さんは今まで同じ公園に二回続けて行ったことはない。それなのにまた井の頭公園っていうのは。

「たぶん、この間オレと会ったことでケイジの家の近所なんだろうって推測したんだろうな」

ヒロが言った。僕もそう思う。初めて、百合香さんが自分の意志で僕に係わりを持とうとしたんじゃないかって。富永は何も言わなかった。いやそのメールを見てそうだねって同意したけど、相変わらず百合香さんと会って何を話してどうしたのかは言わなかった。

「後で話すってば」

何度聞いてもそう答えていた。

水曜日の井の頭公園。吉祥寺駅の方から歩いていって入口を入って、たぶん百合香さんだとこのルートを通るだろうと予想していた。ヒロにはそこで待ってもらった。一度姿を見られているので髪の毛もきちんとセットして滅多に着ないスーツを着ていかにもサラリーマン風になって、なんだか楽しんでいた。

「これならバレないだろ」

私も何かしたい、と言う富永にはじゃあ初島さんの後をつけてきてよ、と頼んだ。会社からここまでちゃんと来るかどうか。そう言うとオッケー！　と喜び勇んで家を飛びだしていった。

初島さんにはメールを打っておいた。

〈吉祥寺駅の公園口で待ってます。大至急来てください〉

そのまま携帯はマナーモードにした。初島さんからどうしたんだと電話が来ても出ない。あの人のことだから、必ず来てくれるはずだ。百合香さんに何かあったのかとも心配するだろうし。少し気が咎《とが》めるけど、まぁそれぐらいはいいだろうってヒロは笑っていた。

〈ビルから出てきた。そのまま地下鉄に向かった〉

富永からメール。
〈百合香さんが来たぜ〉
ヒロからメール。
〈電車に乗った〉
富永からメール。
〈きょろきょろしてるな。探してるんじゃないか〉
ヒロからメール。
〈あと十分ぐらい〉
富永からメール。
〈噴水の池のベンチに座ってる〉
ヒロからメール。
〈今、駅に着いた〉
富永からメール。
改札口に、初島さんの、姿が見えた。
どうやって説明しようかずっと考えていた。

でも、余計なことは言わないで、ただ見せればいいんじゃないかと思って、今までに撮って初島さんに送らなかった写真をプリントしたファイルを作った。それを見せて、そしてヒロに借りたイオスをそのまま貸してあげようと思っていた。スーツ姿の初島さんが僕を見つけて駆け寄ってきた。何があったのかと不安そうな顔をしている。そのちょっと後ろに富永の姿も見えた。

初島さんの息が少し切れている。ホームを走ってきたんだろう。

「何が、あった？」

「すいません」

人波の邪魔になるからとすぐ横にあった自動販売機のスペースの方に移動して、鞄《かばん》からファイルを取りだして差しだした。初島さんが訝《いぶか》しげな顔をする。

「見てください」

何かを言おうとして口が開いたけど、何も言わずにファイルを受け取るとそれを開いた。顰《しか》めた顔が、驚きに変わる。ちらっと僕を見たけどまた何も言わなかった。ファイルをめくっていく。

噴水を浴びてしまって驚いて、笑いだした二人。

動物園で、嬉しそうにしているかりんちゃん。

小さなおにぎりをかりんちゃんの口に運んであげる百合香さん。

列車に乗って大喜びしている二人。

こっちに向かって手を振る二人。

眠ってしまったかりんちゃんに優しく微笑《ほほえ》む百合香さん。

きれいな夕焼けに感嘆した顔を見せる百合香さん。

はしゃいでジャンプするかりんちゃん。

公園の木立の中を、少し微笑みながら歩く百合香さんとかりんちゃん。

自分でも写真を撮っていて多少カメラの知識がある初島さんならわかるはずだ。ここにある写真はどれもこっそり撮れるはずがないって。

最後のページをめくった初島さんに、僕はカメラを差し出した。

「今度は、初島さんが撮る番です」

「僕が」

初島さんはファイルを持ったままで、まだカメラに手を伸ばそうとしない。

「百合香さんは、最初から僕に気づいていました」

「なんだって？」

「たぶん、最初に会ったときに初島さんと話している僕を見かけたんだと思います。

そして、初島さんに頼まれて僕がずっと写真を撮っていることにもすぐに気づいたと思います。わかっていて、黙っていたんです」

それは、このファイルの写真が証明している。

「どうしてなのか、ずっと考えていました。どうして百合香さんは何も言わないで黙っていたんだろうって。本当のところは百合香さんに訊《き》かなきゃわからないんですけど、僕はこれなんだなと思いました」

「これ?」

カメラを、僕はまた差し出した。

「百合香さんは、初島さんが公園に来てくれることを望んでいます」

僕が、と小さな声で呟いた。

「浮気とか、あなたから離れていこうとか、そんなことはこれっぽっちも考えていないはずです。百合香さんはずっと、ずっと初島さんが来てくれるのを待っていた。二人を迎えに来てくれることを望んでいた。かりんちゃんと一緒に」

初島さんは僕を見て、それからカメラを見た。

「あとは、初島さんが考えてください。百合香さんとかりんちゃんを見つめて、考えてください。きっと僕の役目はもう、終わりました」

少し眉《まゆ》を顰めながら初島さんはもう一度ファイルに眼を落とした。ゆっくりと、またページをめくった。唇を湿らすように少し動いた。

最初から最後まで、ゆっくりとファイルをめくっていった。立ちどまったままの僕と初島さんの横をたくさんの人が通りすぎていく。時間がゆっくり流れていった。

ふいに、初島さんが顔を上げて僕を見て言った。

「いい写真ばかりだ」

「ありがとうございます」

初島さんはカメラに手を伸ばして、それを受け取って、言った。

「罰ゲームかな、百合香を疑ったりした。わかってやれなかったことの」

「話が早いですね」

二人で笑った。

「僕にもこんないい写真が撮れるかな」

撮れると思います。そう答えると初島さんはファイルを僕に渡した。それからネクタイを緩めて引き抜いた。シャツのボタンを二つ外して、上着も脱いだ。

「上着、預かりますよ」

笑ってありがとうと言う初島さんから、上着とネクタイを受け取った。

ヒロからのメールで百合香さんが七井橋にいるとあったのでそこへ二人で歩いて向かった。橋の真ん中に百合香さんの姿があった。かりんちゃんはベビーカーに乗っている。初島さんがカメラを構えて一枚撮った。

百合香さんが顔を巡らせて、こっちを見た。一瞬、驚いたような顔をして、その瞬間にもシャッター音が響いて、すぐに百合香さんは笑顔になった。

その笑顔は、僕には撮れない笑顔だった。

それから百合香さんは僕にも視線を向けた。ほんの少し、少しだけ首を傾《かし》げたようにも感じて、微笑んでくれたようにも思った。何かを考えるように眼を伏せて、それからベビーカーを押して、僕と初島さんが居る方とは反対側へ向かってゆっくり歩き出した。初島さんは僕を見て、頷《うなず》いた。それからその後を追うように歩き出した。

初島さんは橋の中程で一度振り返って僕を見て微笑んだ。僕も頷き返して、そのまま見送った。ネクタイと背広の上着はそのうちにカメラと交換しよう。

百合香さんが橋を渡りきる頃に、ヒロが向こうから歩いてきて初島さんとすれ違った。後ろに人の気配がして振り返ると富永が立っていて、ニコッと笑った。僕たちは橋のたもとに三人並んで、初島さんが百合香さんとかりんちゃんに五メートルぐらいの距離を保ちながら歩いていくのを、しばらく見送っていたんだ。

三人の姿が見えなくなったときに、富永が口を開いた。

「あのね」

「百合香さんは、圭司くんの言う通り、初島さんを待っていたんだよ」

ずっとずっと待っていた。気づいてくれなくてもいい。初島さんが自分たちのために頑張っていることはわかっている。でも、他の方向だってあるんだよとわかってほしくて、待ちつづけようと思っていたって言う。僕とヒロは富永を挟むように立っていたので、二人で富永の頭越しに顔を見合わせた。

「それ、実は今一つオレはピンと来ないんだけど」

ヒロが富永に言った。

「何が」

「どうして夫にそうやって言わなかったんだ？　素直に言えばいいじゃんって思うんだけどね」

富永は目を細めてヒロを見て言った。

「言わなかったんじゃなくて、言えなかったの」

ヒロも目を細めて首を捻《ひね》った。富永はしょうがないねーと呟《つぶや》くように言った。

「たとえばホテルの件だって、そんな高級ホテルなんて呼ばれでもしない限り行かない」

「呼ばれた？」

「嫁が毎日のようにフラフラ出歩いていればどっかから何か言われる。事情を説明したってわかってもらえないこともある。初島さんが家族のために頑張るのだってその裏にはお家の事情もある。ああいう家柄なんだし」

そこまで言うと富永はちょっと口を尖《とが》らせて僕らを見た。

「私は名探偵じゃないんだから。自分で考えなさい」

ぐるぐるいろんな考えが頭を駆け回ったけど、あきらめた。

「それは、本人に訊いたのか？」

頷いた。それからクルッと方向転換して富永は歩きだす。慌《あわ》てて僕とヒロも横に並んで歩き出した。どうやって会ってすぐの百合香さんからそんなことを聞きだせたのか。そう訊いた。

「企業秘密」

企業なのかよ、というヒロのツッコミはスルーされた。

「そこに現われた圭司くんは、言ってみれば天使だったのね」

「天使ぃ？」

「誰かのお使いのような天使。やってほしかったことを全部叶《かな》えてくれる天使」

天使って。ツッコミたかったけどせっかく喋《しゃべ》りだしたので黙っていた。

「でもね」

「うん」

「でも天使と人間が愛し合っちゃうと天使は死ぬのよ。そして、天使が死ぬと人間になっちゃうの」

「途中から映画の話になってるんだけど」

姉さんと一緒に見た〈ベルリン・天使の詩《うた》〉だ。

「でも、そうなの」

きっぱりと富永は断言した。

「だから、天使に恋をしたくなっていた百合香さんは一言もしゃべらなかったんだから。天使は天使のままでいてほしい。自分のために天使が人間になっちゃうなんてことをしたくなかった。しゃべったら、それは現実になっちゃうんだから」

よくわからなかった。僕が天使で、でも恋をすると死んでしまって人間になって。その天使に恋をしようとした百合香さんは天使を天使のままでいさせようとして。

まぁでも、雰囲気としてはわかるような気もしたし、何より富永が満足そうな顔をしているので僕もヒロもそれ以上ツッコまなかった。

「ずいぶんデカイ天使だよな」

ヒロが僕を見て笑う。

「羽根もないしね」

「服も着てるな」

「弓矢じゃなくてカメラだし」

僕とヒロの軽口を富永はまたしても完璧《かんぺき》にスルーして一人でニコニコしながら歩いていた。

三週間が過ぎた頃に初島さんからメールがあった。

〈カメラを返します。どこかで会えませんか〉

タイミングが悪いというか何というか、ちょうどそのメールを見ていた僕の横には富永が居て、僕の肩に顎《あご》を乗せて覗《のぞ》き込んできた。まぁ事情も知ってることだから放っておいたんだけど、いきなり携帯を取り上げるとメールの返信を打ち始めたんだ。その素早さにびっくりしていた。

「何するんだよ」

「いいから」

いいからって。取り上げる間もなく富永はメールを送信してしまった。へへーと笑うその手から携帯を取り上げて慌ててそのメールを開いてみた。

〈カメラは宅配便で送ってください。今度、会えるときが来るのを楽しみにしていま

す〉

実際背広は次の日に宅配便で送ったのでカメラもそうしてもらっても問題はなかったんだけど。

「なんだよ、勝手に」

「まだ会わない方がいいのよ」

「なんで」

「なんでも」

僕と富永のやり取りを見ていたヒロは肩を竦《すく》めて笑って参加しなかった。どうせ何を訊いても気が向かないと富永は答えないんだから。

「偶然会えるときまで待った方がいいかも」

「なんで」

偶然なんて、いつまで待ったって会えないかもしれない。その後どうなったかも知りたい気持ちもあるし。

「いいのよ。メールだって電話だってあるし。近況は知ろうと思えばわかるじゃない。会うのはね、偶然がいいの。それこそ圭司くんが公園でカメラを構えていたら、そのファインダーの中に偶然あの二人の姿が、あ、三人か、幸せそうな家族が入ってきたらすごい美しいでしょ」

「それは」

確かに映画の結末なら美しい終わり方だけど。それを聞いたヒロがクイッと頭を傾げた。

「なぁ富永ちゃん」

「なに」

「なんかそういう映画をオレはどっかで観《み》たような気がするんだけど」

「そう？」

富永はにこっと笑う。

「ねぇ」

僕もふと思ったので言った。

「ひょっとして富永の行動基準とか判断基準って、いかに映画のように美しいかじゃないの？」

そう言うと富永は眼を細めて僕を見て、何を今さら、と言う。

「それもひとつの見識でしょ？」

さらっと流して時計を見て、そろそろ晩ご飯の支度をしなきゃ、などと言いながら台所に向かった。今日は富永の当番だ。

もうこの家に住む理由はないはずなのに、富永は荷物をそのままにして実家とここを行ったり来たりしている。こうやって夜に皆が揃《そろ》っているときには当番制でご飯を作ろうと勝手に決めてそれを実践して僕たちにも強要している。ひょっとしたらこれも何かの映画のシチュエーションなのかもしれない。

台所からいろいろと音が聞こえてきて、ヒロがテレビのスイッチを入れると、ちびまる子ちゃんが映った。ヒロはふいに僕の方を向いた。

「なぁ」

「なに?」

「家族の写真は、まだ撮るのか?」

頷《うなず》いた。百合香さんの写真を撮っていたことで何か心境の変化があったんじゃないかってヒロは思ったらしいけど、あの後も僕は変わらずに家族の写真を撮っている。

「僕はきっとマザコンなんだね」

「あ?」

「死んだ母さんのカメラを使って、きっと母さんが撮りたかった家族の写真を撮っている。母さんが撮ってきた自分の家族を、なくしてしまったものを撮ろうとしてるのかもしれない。そうやって僕は母さんが撮りつづけた〈家族〉の面影をずっと追っているのかもしれない」

ヒロが少し考えて頷いた。

「もう少し頑張れば新しいカメラを買えると思うんだけどさ」

「うん」

あと、二、三ヶ月。節約したり新しいバイトを始めれば一、二ヶ月。

「新しいカメラを買って、このニコンを置いたときに、違うものが撮りたくなったり、本当に撮りたいものが見えてくるかなって思う」

うんうん、とヒロが笑って、そうかもなと言った。

姉さんとは、変わらずに〈クエル〉で会ったり、休日に一緒に買い物に出掛けたりしている。僕が富永に聞いた話を知っているのか知らないのか、表面的には何の変わりもない。百合香さんとのことも、何も言わないし訊《き》かない。それならそれでいいのかなって思ってる。

何がどうあろうと、僕が姉さんを、志田咲実という女性を今までと変わらずに好きであることには違いないんだし、その気持ちが今後どう揺れても、それはそのときに考えればいいことだ。

富永も、今は僕とヒロの側《そば》で傍若無人に我が物顔で日々を過ごしている富永も、いつか何かが変わるのかもしれない。実際家に荷物を置きだして半分住人みたいになってからはヒロは女を連れ込まないようになったし、時々二人で外出していることもあるみたいだ。もちろん、富永と僕が一緒に買い物に行ったりすることもあるし、三人で連れ立って映画を観に行くこともある。以前より一緒にいる時間が増えたというだけで、それまでと何も変わらない。

「本を作りたいの」

日曜日の昼過ぎ。偶然にも三人とも別々の用事や仕事がキャンセルになって、居間で録画しておいたドラマを観ていた。終わったところで富永が突然そう言って立ち上がり、部屋に戻って帰ってくると、小さな、それこそ単行本ぐらいのサイズのスケッチブックを持ってきて居間のテーブルの上に置いた。全部で八冊あった。

「なにこれ」

「見てみて」

僕とヒロがそれぞれに一冊ずつ手に取って開くと、そこには絵が描いてあった。鉛筆書きのものもあれば、水彩画もある。クレヨンで描いたものやマーカーで描いたものもある。風景だったり、物だったり、この家の部屋だったり、富永の両親らしき人や、僕やヒロもそこに描かれていた。解説や何か詩のような言葉が書きつけてあるページもあった。

どれもこれも、温かみを感じるいい絵だと思った。何よりどんな画材を使っても変わらない個性がその絵に溢《あふ》れていたんだ。

「いい」

思わず僕が言うと、ヒロも本当にいいじゃん、と感嘆したように言った。富永はへへーと少し照れて笑う。

「こんな才能があるとは知らなかったぜ」

僕もだ。今まで富永が絵を描いているところなんて見たことがない。でもそういえば小学校でも中学校でも、絵は上手《うま》かったっけと思い出した。

「本を作りたいって、この絵でか？」

ヒロの問いにこくんと頷《うなず》いた。

「この絵と、あとたとえば同じ風景を圭司くんが写真に撮ったりして、そしてヒロにレイアウトしてもらってデザインやら装幀《そうてい》やら」

僕とヒロは顔を見合わせてから、すぐに互いに頷いた。

「良さそうだね」

「おもしろそうだ」

ポラロイドにしてもおもしろいね、とか日記風に進めていくのもいいんじゃないかとか僕やヒロが言うアイデアに、うんうん、と富永が嬉《うれ》しそうに頷く。本当に自分がいいと思ったアイデアが浮かぶと、まるで磁力に引き寄せられるように頭の中でいろんなことが繋《つな》がって、拡《ひろ》がっていく。

「でも、なんで急に?」

富永に訊いてみた。何かになってる自分が想像できないとか言っていたのに。

「イラストレーターとか絵描きになりたくなったの?」

「そんなんじゃない」

眼を一度大きく開いてから、ニコッと笑った。

「三人で何かをしたくなっただけ。残したかっただけ。こうやってる日々の証《あか》しみたいなものを」

「証し」

柔らかく、富永は微笑《ほほえ》む。

「いつか消えてしまう日々だろうけど、でもこんなにも愛《いと》しいものを、あぁ、この頃はこうやっていたんだなっていうのを形にしたくなった。圭司くんの写真みたいに」

ヒロがうん、と頷いてもう一度スケッチブックに眼を落とした。僕も頷いて、富永に握手を求めた。なんで握手、と言いながら右手を伸ばしてきて、柔らかくて小さな右手と握手した。

富永の言う通り、僕たちが過ごしているこの日々はいつか消えてしまうんだろう。いつかどころか、この瞬間にもどんどん過去になっていって記憶の中に入っていってそして消えていく。

いつか、思い出すこともなくなって、僕たちは一緒に過ごした時間がまるで幻のように思えるぐらい係わりのないお互いの世界で、その世界だけで生きていくのかもしれない。小学生のときにあれだけ毎日楽しく過ごした同級生たちの何人かをすでに思いだせないのと同じように。

でも、今は確かにここに、こうやって僕たちは居る。一緒に日々を過ごしている。まだ途中の日々だけど、確かに。

あ、と思って僕はシャッターを切った。

夏の陽射《ひざ》しが木立の間を通って柔らかく降り注ぐ中を歩く親子連れ。

若いお母さんと、お父さんと、女の子。

その幸せそうな笑顔に向けて、僕も笑顔になって、何回も何回もシャッターを切った。

そのうちに、自分たちに向かってカメラを構える僕に気づいた初島さんが、僕に向かって笑顔で手を上げる。百合香さんが、微笑みながら軽く頭を下げる。きょとんとしていたかりんちゃんが、笑顔になった。

夏の、東京の公園で。

To "Follow Me!"

解説

山崎まどか

周囲の環境に馴染《なじ》めない孤独な人妻が、幼い子どもを連れて東京の公園巡りをする。そんな彼女を、こっそりと尾行する少年がいる。ある時は手にニコンF3を携え、ある時はイオスのデジカメを隠し持ち、人妻の姿を遠くから窺《うかが》って、彼は時折シャッターを切る。少年の清潔な風情《ふぜい》からは、彼がストーカーだとは考えられない。むしろ被写体である母娘を気遣って、見守っているかのようだ。そして、人妻がカメラのレンズ越しの少年の視線をとらえ、彼を見つめ返した時、何か決定的なことが起こる。

小路幸也の『東京公園』のこの場面を読んだ時、ヒッピーが着るような刺繍《ししゅう》入りのブラウスを着て、ロンドンの街をさまよい歩くミア・ファローの姿が心に浮かんだ。そんな彼女を、白いトレンチ・コートを着た探偵がベスパに乗って追いかけていく。ミア・ファローは彼の尾行に気がつき、二人は口も利かないままハンプトン・コートでピクニックをする仲になる。タイトルは『フォロー・ミー』。『第三の男』で知られる名監督、キャロル・リードの一九七二年の作品である。確か彼の遺作だったはずだ。とても可愛《かわい》らしい作品で、私はマカロンというお菓子をこの映画で知った。この作家も、あの映画が好きなのだろうか。そう思って最後のページを見たら、小さく「To "Follow Me!"」という文字があった。なるほど、『東京公園』は『フォロー・ミー』のアイディアを現代の東京に置き換えた、一種のオマージュ作品なのだ。

『東京公園』と『フォロー・ミー』が大きく違うところは、映画の話があくまでロンドンで孤独を持てあましている人妻が主人公だったのに対し、小さな子どもの手をひいて公園をさまよう人妻を追うことで、探偵役の少年・志田圭司が成長していくことにある。

かつては写真家だったという亡《な》き母の影響で、圭司は小学生の時から写真を撮り始める。彼が好きな被写体は家族だ。公園で家族の写真を撮っていたことがきっかけで、彼は初島夫妻を知る。知る、といっても圭司はファインダー越しに初島の奥さんである百合香さんを見ただけである。そんな彼に、初島は百合香さんが公園に行っている時の動向を探るように頼み、圭司は百合香さんが娘のかりんちゃんを連れて公園に行く日だけ、探偵役をすることになる。

カメラを持って、幸せな家族の姿を見つめる圭司は、写真を撮るという行為を通して被写体に感応する、レシーバー的な性質がある。だから、初島が気づくことの出来なかった百合香さんの何かを感じ取り、二人は不思議なシンパシーで結ばれる。しかし、それだけならば圭司は天使のような、どこか都合のいいキャラクターになりかねない。北海道にいた頃からの幼なじみの少女・富永。どこか大人びたところのある同居人のヒロ。そして父が再婚してから家族となった姉の咲実。百合香さんを見つめるという行為を通して、圭司は自分もまた周囲の人物から見つめられている存在なのだということに気がつく。そこに、少年の成長物語としての『東京公園』の良さがある。

噴水から放出された水のアーチが、キラキラと光を受けて輝く。木立から涼やかな風が吹き、子どもたちの歓声がどこか遠くから聞こえてくる。『東京公園』は、タイトルの通り、公園という場所の持っているそんな輝くような、爽《さわ》やかな雰囲気がある小説だ。公園は多くの人にパブリックに開かれている場所だが、同時にひっそりと自分自身でいられるインティメイトな場所でもある。自分であることの自由を胸一杯に感じることが出来るけれど、孤独ではない。自分と同じように都会の喧噪《けんそう》を逃れ、光と空気を求めてやって来た人々に囲まれている。海上で船がすれ違う時に交わされる汽笛のように、視線が一瞬交錯することもある。どこかに、自分を見つめてくれている天使のような存在だっているかもしれない。

公園、特に公園の噴水が好きで、都内の公園を巡っていたことがあるので、様々な公園が実名で出てくるのが楽しかった。最近、新しい公園に行っていないなあと反省めいた声も胸をよぎった。名門と呼ばれる家に嫁ぎ、唯一《ゆいいつ》の頼りである夫は仕事が忙しくてなかなか一緒に過ごす時間がない。そんな息苦しい環境から逃げ出して、自分を解放するために百合香さんは公園に足繁《あししげ》く通っているのかもしれないが、それにしても東京を西・東と精力的に移動して、いろんな公園を訪れる彼女は非常にアクティブだ。

子どもを連れて東京の公園をあちこち巡る百合香さんもフットワークが軽いが、北海道出身で東京の地理にさほど明るくないはずのカメラ少年・圭司も行動範囲が広い。最初に彼が初島親子に出会った行船公園の最寄りは東西線の西葛西《にしかさい》にあり、吉祥寺《きちじょうじ》からは結構な距離だ。それとも、広い北海道内で移動し慣れている人にとっては、東京の西と東など距離の内に入らないのだろうか。

『東京公園』に出てくる公園のいくつかは、私自身のお気に入りの場所でもある。どんなルートで百合香さんと圭司が東京の公園を巡っていったか考えるのは、私にとって楽しいゲームだった。

洗足池公園には、テラス・ジュレという素敵なレストランがあって、そこのデッキ・フロアから眺める洗足池は美しい。水鳥が多く集まる池で、季節によって違う表情を見せる。百合香さんが住んでいるのは、豊島《としま》区（の、恐らく高級住宅街）だというから、目白だろうか。五反田まで山手線で出て、東急池上線に乗り換えれば三十分ほどで着くだろう。吉祥寺に住んでいる圭司は井の頭線で渋谷まで出てから、山手線に乗り換えて行く。

砧公園の近くには八年間住んでいた。私は祖師ヶ谷大蔵から自転車を漕いで世田谷美術館に行ったが、それだと遠いので、百合香さんは渋谷から東急田園都市線に乗って用賀の駅から行ったのだろう。バスも出ているが、住宅街を抜けていくルートには気持ちいい並木道もあるので、かりんちゃんの手をひいて歩いて行ったのかもしれない。美術館に行くだろうと圭司が当たりをつけたのは正解だった。文中にも出てくる通り、砧公園は広大なゴルフ場だったところで、芝生をうろうろしていたのでは、いつまでたっても百合香さんとかりんちゃんを見つけることは出来なかったかもしれない。

小学校の途中から高校卒業まで井の頭公園は通学路の一部であり、隅から隅まで知っている。百合香さんが座ってお弁当を食べた「木陰のベンチ」は、吉祥寺駅側ではなく、橋を渡ってスワンボートの乗り場を越えた三鷹《みたか》側の方の池のほとりだろうか。その方が人も少なく、静かだ。

小説の中に出てきた公園の中では和田堀公園には行ったことがなく、調べてみると家から電車を一度乗り継いで三駅で行けることが分かったので、水筒にアイス・ティーを入れて、デジカメを携えて行ってみることにした。

アイ・ポッドには最近CD発売されたばかりの『フォロー・ミー』のサントラを入れた。ゆったりとしたワルツのリズムに乗って、ひたひたと寄せてくる冷たい水のようなエレガントな旋律が聞こえてくる。この印象的なメイン・テーマを含むサントラを手がけたのは、ジェームズ・ボンドの映画のテーマでも知られるジョン・バリーである。

和田堀公園は杉並区の善福寺川に沿って横に広がる公園で、杉並区の保護樹林に囲まれているために緑が深い。百合香さんは新宿から中央線に乗って高円寺に出た後バスに乗って、吉祥寺に住む圭司は井の頭線を西永福で降りて、私のように商店街を抜け、井ノ頭通りをまたいで方南通りを歩いて行ったに違いない。あるいは、もっとスマートに久我山からバスに乗ったのか。

大宮八幡宮の裏を抜け、生い茂る樅《もみ》の木の向こうに階段を見つけた。降りると善福寺川。思ったよりも水が澄んでいる。蒸し暑い日だったが、橋を渡るとさあっと涼しい風が吹いてきた。川の流れに沿って、犬の散歩をさせている人やジョギングをしている人たちがいる。『東京公園』の登場人物たちも橋を渡り、この川縁を歩いただろうか。

和田堀公園には善福寺川の他に、とても静かな池がある。池の噴水の近くで、鯉がはねているのを見た。更に奥に行き、百合香さんたちが釣りをしたレトロな釣り堀「武蔵野園」を発見する。忍者の形をした大型のポップコーン製造器が目印だ。色褪《いろあ》せた白とグレイのストライプのひさしや、ひなびた食堂が何ともいい味を出していた。ここまで来て良かった、何故《なぜ》かそんな風に思った。

公園を歩くことで人は何かを見つける。自分自身と向かい合い、他人の視線を受け止め、それぞれの思いをプリズムのように反射して。百合香さんが圭司を見つめ返した瞬間も、公園ならではの奇跡なのだろう。

（平成二十一年六月、コラムニスト）

この作品は平成十八年十月新潮社より刊行された。

東《とう》京《きよう》公《こう》園《えん》

新潮文庫　し-66-1

平成二十一年八月一日発行
平成二十三年五月十日三刷

著者　小《しょう》路《じ》幸《ゆき》也《や》

発行者　佐藤隆信

発行所　株式会社 新潮社

郵便番号　一六二―八七一一
東京都新宿区矢来町七一
電話　編集部(〇三)三二六六―五四四〇
　　　読者係(〇三)三二六六―五一一一
http://www.shinchosha.co.jp

価格はカバーに表示してあります。

乱丁・落丁本は、ご面倒ですが小社読者係宛ご送付ください。送料小社負担にてお取替えいたします。

印刷・二光印刷株式会社　製本・株式会社植木製本所

ISBN978-4-10-127741-7 C0193